Série Novella

Le Ravageur

Thriller Policier

Par

Réjean Auger

Catalogage avant publication de Bibliothèque et Archives nationales du Québec et Bibliothèque et Archives Canada

Série : Novella

Le Ravageur

ISBN (papier) : 9781700092519 (Amazon)

Dépôt légal - Bibliothèque et Archives nationales du Québec, 2019

Dépôt légal - Bibliothèque et Archive du Canada, 2019

Couverture réalisée par **Danielle Robineau**

Réviseure : **Caroline Barré** (Romancière – Journaliste Indépendante – Réviseure – Traductrice)

Texte intégral 2019

Le Code de la propriété intellectuelle interdit les copies ou reproductions destinées à une utilisation collective. Toute représentation ou reproduction intégrale ou partielle faite par quelque procédé que ce soit, sans le consentement des auteurs ou de ses ayants cause, est illicite et constitue une contrefaçon sanctionnée par les articles L 335-2 et suivants du Code de la propriété intellectuelle.

© 2019 Tous les droits sont réservés.

http://www.pontlitteraire.com

Remerciement

Je tiens à remercier tous ceux qui ont travaillé de près ou de loin à la réalisation et à la création de cette Novella. À Danielle Robineau pour la création de la couverture; à ***Caroline Barré*** pour la révision et un merci tout particulier à tous les lecteurs de ce monde qui ferons de cette nouvelle série un succès. MERCI.

Chapitre 1

Hubert haleta sous la douche, de ses cinq pieds cinq pouces. L'effort qu'il consenti à se faire une branlette l'épuisa presque et son obésité n'y était pas par hasard. Frustré d'un manque de sexe Hubert c'était équipé de tout un attirail de poupée gonflable, de machine à sucer, jusqu'au vibrateur anal. Mais ce matin là, la branlette est de rigueur, s'imaginant baiser la voisine à quatre pattes sur le plancher, l'entendant hurler de continuer à se déchainer. La jouissance y était presque quand quelqu'un frappa à la porte au point de vouloir la fracasser ébranlant ses charnières.

Saisi par le bruit, Hubert fit un mauvais geste et glissa de ses deux cent livres dans la baignoire s'agrippant au rideau de douche, l'arrachant de ses annaux. Hurlant tous les saints, se saisissant des robinets comme appui, il peine à sortir du bain, l'eau glacial l'activa, roulant hors de la baignoire.

Hubert s'enroula d'une grande serviette de plage, un genou amoché saignant quelque peu, pestant comme jamais.

Les coups butoir pleuvaient sur la porte comme si quelqu'un cherche à la défoncé et des hurlements s'entendit.

- Oui !, oui !, calvaire, j'arrive. Il n'y a pas le feu. Dégageant les deux chaines et les deux loquets.

Ouvrant la porte une sorte d'albinos format géant aux yeux translucides l'apostropha.

- Nom de dieu Hubert qu'est-ce que tu fou à poil ? nous sommes attendu. Tu ne prends jamais tes messages.
- Phoenix ! J'aurais dut penser que c'était toi, il n'y a qu'une folle dans ton genre qui défonce les portes. Se dirigeant vers sa chambre. Ça me rappelle, il y a quelques années une jeune femme qui…
- Aie, aie, aie ! , tes vieilles histoires de fesses raté, tu peux te les remettes là où je pense. On nous attend bougre d'abruti, un autre cadavre à été découvert.

Se montrant le nez dans le cadrage de la porte.

- Un troisième ?
- Oui, même mise en scène. Soupirant d'impatience.

Officier de police hautement décoré, Phoenix d'origine africaine était une athlète. Son look en dérangeait plus d'un et un punk n'avait rien à lui envié de quoi que ce soit. Étant albinos avec une coupe de cheveux d'hérisson et aux bonnes épaules. Bien des gens la craignait lors d'interrogatoire et fondaient devant son côté intimidant.

Hubert sortit finalement de sa chambre à coucher habillé à la manière londonienne des années mille neuf cents trente.

- Nom de dieu ! , mais en quoi est tu déguisé ? Les yeux grands ouverts.
 - Ben voyons, en Watson. Je te suis.
 - Je te jure Hubert, tu dois aller te faire soigner, vraiment.

Les deux amis prirent l'ascenseur et descendirent les vingt étages rapidement, traversant un hall rempli à craquer sous les regards moqueurs. Nullement dérangé Hubert en rajouta en se donnant l'air hautain. Tant qu'à Phoenix, un simple regard fit taire les commérages.

À bord de la voiture Hubert s'empressa de prendre son cellulaire et prit ses texto.

 - C'est Tim, il nous attend au dépotoir, là où le troisième meurtre à eu lieu. Il dit que le cadavre porte des signes de morsure bizarre qui n'a rien à voir avec le chien et le loup. Hein ! Lâchant un cri.

Phoenix donna un coup de volant qui fit valser la voiture.

 - Par tous les saints !, gros abruti pas de cheveux. Tu ne peux pas te retenir, qu'est-ce qu'il y a ?
 - Il écrit qu'il va avoir une suite du film *Gamer*.
 - Du quoi ! S'écria Phoenix.
 - Ben oui, le film où les gens étaient contrôlés par ordinateur dans un jeu de bataille où de party de nuit. Aie j'te dis que l'actrice principal, hum…que j'aurais voulu…pitonnant le clavier de son cellulaire.

- Sale obsédé, tu peux lâcher ton cellulaire, notre grand Tim est là.

Pour être grand il est grand, six pieds six pouces, un fouet sur deux pattes. Habillé d'un grand pardessus, le faciès rachitique, portant un chapeau à la Indiana Jones, Tim donna l'impression de sortir d'une bande dessinée d'horreur.

Hubert continua à texté avec Tim sans se rendre compte qu'il se tenait debout au côté de sa porte. Sans mot dire le troisième larron entra dans la voiture sous le regard médusé de Poenix, Hubert brisa le silence.

- Tim dit que tu n'as qu'à suivre le sentier principal, puis tu tourneras à droite au drapeau et puis il dit que le film sera super.

Phoenix le regard livide, explosa.

- Dite les deux zigotos vous pourriez ranger vos jouets et discuté de vive voix comme tout le monde. Voyant qu'ils ne réagissaient pas. C'est un ordre ! Les yeux jetant des flammes contrastant avec son bleu pâle.

Les deux hommes rangèrent leurs appareils rapidement d'un même geste et fixèrent le sentier.

- Alors c'est tout droit ?
- Oui. Répondit timidement Tim.

Phoenix soupira d'impatience et se demanda parfois pourquoi elle c'était lié d'amitié avec ses deux hommes aussi marginaux qu'elle-même. Au virage elle aperçue non loin devant, l'équipe de la médecine légale. La voiture banalisée s'arrête tout prêt et à leurs vues.

- Tiens voilà les trois Stoges, fit remarquer le stagiaire.

Son patron se rapprocha de lui.

- Si tu tiens à la vie, je te conseillerais de nous épargnés tes remarques stupides. Parce que celui qui s'appelle Moe est le plus violent des trois et celle qui est l'albinos est Moe. Si tu ne me crois pas, tu demanderas à Faucher l'ambulancier. Il la vue cassé un bloc de ciment du revers de la main.

Le jeune stagiaire régurgita et fixa le sol de peur à leurs approches.

- Alors légiste où en est-on.

Le petit homme à lunette lui souris.

- Elle s'est vidé de son sang, ce sont les deux seules choses que je peux te dire avec certitude. Femme blanche caucasienne sans aucune possibilité d'emprunte et sans cartes. Le reste c'est au labo que je pourrai te donner d'autres réponses, viens suis moi, ce n'est pas jojo à voir.

Les trois marginaux lui emboitèrent le pas.

- Normalement Phoenix c'est ton travail de découvrir les cadavres avant moi. Qu'est-ce qui c'est passer, si ce n'est pas indiscret.
- Certains ont des problèmes de douche.

L'inspecteur jeta un regard courroucé en direction d'Hubert qui feint l'indifférence.

Golberg le légiste souris et se pencha vers la dépouille recouverte d'un drap et la retira. Malgré leurs expériences les trois compères ne purent s'empêché de réagir. L'horreur qui se présente à eux se trouve effroyable.

- Nom de dieu !, qu'est-ce qui la grignoté comme ça ? Voyant le corps rempli de petite morsure et comme les deux autres corps trouvés auparavant, ils n'y avaient plus trace de doigt, d'orteil, de dent ainsi qu'un visage ravagé par les morsures.
- Vous aussi Hubert, vous l'avez remarqué. Seule l'autopsie pourra nous en dire plus long.
- Dite Golberg quelqu'un l'aurait retournée.
- Heu...je ne crois pas Hubert. Intrigant tout le monde.
- Ici patron, pointant du doigt, sur le côté des plaies prêt de ce qui reste d'oreille.

Phoenix scruta le moindre détail.

- T'as raison, quelqu'un a mit le corps sur le côté. Se prenant une paire de gang, souleva une partie du corps. Phoenix y vit un carton collé au dos avec un message.

- *Elle s'appela Jersey et elle n'a pas été fine. Maintenant elle l'ais. Je l'ai puni comme les deux autres.* Saloperie de fou à lié, t'as une idée de l'heure de sa mort.

- Environ douze heures Phoenix, peut-être un peu plus.

- Elle n'est pas morte ici, constatant les éraflures aux talons, elle a été trainée et déposée ici. Cherchant les traces.

- Ici. Fit signe le grand Tim.

Les traces se dirigèrent vers le sentier et l'espoir qui s'engendra de trouver une piste s'amenuisât d'un coup. Tout ce qui avait put rouler sur la piste avait fais disparaitre les empruntes du véhicule.

- Merde, cette pourriture à bien choisi son temps pour effacer ses traces.

Hubert se lança dans une tirade.

- Ouais, maintenant vous me croyez quand je vous ai dit que l'ont avaient à faire à un tueur en série. Un psychopathe de première qui s'amuse à les vider de leurs sangs et puis après à les profanés en les faisant dévorés de façons plus horrible d'une fois à l'autre. Je vous l'avais dit que mon flair ne me trompait pas et que j'étais le digne successeur du Dr Watson. Hein, admettez que j'avais raison…

- Ta gueule ! Affirma Tim.

- Tu ne parles pas souvent mon grand, mais quand tu dis quelque chose, je te trouve très sensé.

Soupira Phoenix.

- Cherchez dans les personnes disparus et faites tout ce que vous pouvez pour trouvez leurs derniers emplois du temps.

Hubert prit sa petite vengeance.

- Tu oublies Phoenix que nous ignorons encore qui ils sont.

Phoenix lui jeta un regard assassin pour clore le sujet.

- Tu peux disposer Golberg, ont se verra plus tard. Tant qu'à nous des dossiers nous attendent.
- Des dossiers. Se désenchanta Hubert. Ont n'as pas à interrogé tout le monde, des témoins potentiels, heu…quelque chose du genre.

Phoenix lui lança un sourire en coin.

- Il y a des policiers chevronnés qui s'en occupe Hubert. Nous, nous avons de la paperasse qui te plaira à toi et Tim. Allez ont se tire d'ici.

***

Une heure plus tard, une salle avait été aménagée à la demande de l'inspectrice et des caisses de dossiers reposaient dans un coin. Trois tableaux à roulettes de bonne grandeur se trouvèrent dans les angles restants et au centre, trois tables de travails de bonne surface incluant un ordi.

- Voilà notre zone de travail pour les jours qui viennent. Personne à part nous trois auront droit de pénétré dans notre biosphère. Mettez-vous à l'aise, du café et des sandwichs vont nous être livrés.

Phoenix le visage de marbre ne les invita pas à poser une question, pourtant Hubert se risqua à ouvrir la bouche.

- Est-ce, ce que je…

Ne le laissant pas terminé.

- Oui, tout ce qui s'appelle mort par morsure où bizarrerie comprenant des traces animales où humaine, les faisans réagir, prenez-vous une boite. Décortiquez-là et la moindre petite information qui vous titile vous la mettez de côté où vous l'affiché sur votre tableau.

Sans un mot les deux hommes obtempérèrent, déposant manteau et chapeau et se choisirent un bureau. Phoenix rompit le silence.

- Des questions ? Hubert.
- Euh ! T'as dit humaine.
- Ouais, parce que le cinglé auxquelles nous avons à faire se plaît à voir ses victimes se faire dévoré le visage, mis à part les parties qu'il sectionne.

- Un obsessif compulsif. Dit timidement Tim se levant la tête.

Hubert se mit à l'ouvrage et trouva sur l'ordi une définition du Camh (Centre de toxicomanie et de santé mental) et se mit à le débiter d'un trait :

Diagnostiquer le trouble obsessionnel-compulsif
Beaucoup de gens ont des pensées importunes, des soucis et des habitudes comportementales. Il nous arrive d'entretenir des pensées désagréables, de nous tracasser inutilement pour ceux qui nous sont chers ou de nous ronger les ongles. Cependant, le diagnostic du trouble obsessionnel-compulsif ne peut être exact que si l'on sait faire la distinction entre ces comportements et l'état psychique réel qu'engendre le trouble obsessionnel-compulsif. Dans le DSM IV : Manuel diagnostique et statistique des troubles mentaux, l'American Psychiatric Association définit comme suit le trouble obsessionnel-compulsif :

Les caractéristiques essentielles du trouble obsessionnel-compulsif sont des obsessions ou des compulsions récurrentes qui sont suffisamment graves pour entraîner une perte de temps (elles prennent plus d'une heure par jour) ou un sentiment marqué de souffrance ou une déficience importante. À un certain stade de l'évolution du trouble, la personne reconnaît que les obsessions ou les compulsions sont excessives ou déraisonnables, mais cela ne s'applique pas nécessairement aux enfants. (DSM-IV, 1996, p. 491)

Les cliniciens savent utiliser les examens psychiatriques et les questionnaires qui permettent de déterminer la gravité des obsessions et des compulsions, ainsi que la mesure dans laquelle ces symptômes font souffrir la personne et perturbent sa vie quotidienne. Avant de poser un diagnostic de trouble obsessionnel-compulsif, les cliniciens s'assurent d'écarter ou d'exclure la possibilité que les problèmes correspondent davantage à l'un des autres troubles mentionnés aux paragraphes suivants. Il convient cependant de noter que le trouble obsessionnel-compulsif et bon nombre de ces troubles peut coexister.

Autres troubles anxieux courants

Phoenix le fit taire.

- Wow ! Wow ! arrête ton charabia Hubert. Je n'ai pas besoin de connaitre la définition du livre. Pour l'instant deux mots suffisent, c'est un obsessif et il agit sous une impulsion. La rage et l'acharnement dont il fait preuve à faire bouffer les visages des victimes par des animaux est particulière
- Et en plus il leur détruit la mâchoire, rajouta Hubert, et il est éduqué.

Phoenix le regarda et Tim leva la tête.

- Éduqué ? réagis telle.

- D'après les deux premiers rapports des victimes et ce que j'ai put observer dans le dernier cas, les doigts sont toujours coupés à la tête du métacarpien et du métatarsien pour les pieds.
 - Ça ne prouve pas qu'il soit éduqué Hubert.
 - Peut-être Phoenix, mais il démontre un certain raffinement. Mais ce qui me fatigue, c'est la position des corps. Les deux premiers ont été retrouvés le dos courbé vers l'arrière avec les poignets attaché aux chevilles et celui-ci avec aucune entrave. Il est possible qu'il évolue.

Tim leva la main de peur de déranger.

- Un message peut-être.

Hubert le regarda

- Ouais, je n'en sais trop rien. Par contre dans ma vie il m'est arrivé de drôle de situation qui n'avait pas de sens, parce que je n'avais pas réalisé qu'il y avait des messages non écrit...

Tim se remit des écouteurs sur les oreilles et texta sur son cellulaire pendant que Phoenix se plongea dans ses dossiers. Le téléphone d'Hubert vibra et y li un message, **ta gueule.**

CHAPITRE 2

Deux semaines plus tard, une ombre se glissa entre deux arbres, le soleil encore très bas trainant un sac lourd. Deux trous furent creusés à la pelle mécanique la veille attendant le dernier repos de deux personnes décédées.

Curieusement le personnage porte une sorte de chapeau haut de forme de la vielle époque qui le fit paraitre plus grand, habillé de manière vaudou rempli de breloque tiré des films de James Bond; l'homme vérifia les alentours et se faufila entre les deux pierres tombales, trainant toujours son sac. Une nouvelle vérification lui indique que personne n'est présent et s'affère à ouvrir le colis, libérant un corps nue à moitié dévoré. Puis, sans ménagement le prit par les pieds et déposa le corps en travers de la pierre tombale entre les deux trous, ensuite s'assura que les bras soient collés au corps bien droit ainsi que ses jambes. Se relevant la tête, contempla son œuvre, lorsqu'une voix l'interpela.

- Aie !, Vous !, qu'est-ce que vous faites là ? Le cimetière n'est pas encore ouvert.

Surpris l'homme au chapeau haut de forme leva la tête en direction de la voix, constatant que le gardien des lieux se dirigea dans sa direction. Sans demandé son reste, s'enfuis à toute vitesse sous les cris du gardien, croyant à du vandalisme. Se rapprochant du lieu suspect le gardien vomit à la vue du corps meurtri.

***

Trois heures plus tard l'équipe d'enquêteur avait cerné la scène de crime et une meute de journaliste fit le pied de grue exigeant des réponses.

Phoenix se trouve penché prêt du cadavre.

- C'est un vrai ravagé du cerveau ce gars là, cette fois-ci c'est un homme et quel est l'animal qui la bouffé ainsi. Quel est le mobile, cinglé que tu es ? Se parlant à elle-même.

Hubert se rapprocha à son tour.

- Nous avons eu Jack l'Éventreur, l'étrangleur de boston, Ted Bunty et maintenant le ravageur, tu parle.
- Le ravageur, s'étonna Phoenix.
- Ben oui, c'est ainsi que nos amis les journalistes le surnomme actuellement, depuis ce matin.
- Saleté média, ils n'ont pas encore compris que ce genre de malade mental ne recherche que la publicité. Choqué de faire face à cette meute.

- Heu, je ne voudrais pas vous contredire chef, d'après ce que j'en ai lus sur leurs histoires, les trois premiers n'agissaient pas trop pour la publicité.

Phoenix le regarda d'un air sévère.

- Heu je disais ça comme ça chef. Mal à l'aise.
- Parle-moi du gardien plus tôt.

Hubert sorti son calepin de note.

- Il a devancé son heure de travail, s'appelle Gaston, aime le pudding, heu… voyant le visage crispé, ça rien à voir chef, désolé. Il a vu un homme s'enfuir avec un chapeau haut de forme, un visage qu'il n'a pas vraiment vue hormis des trais phosphorescent comme des os, peut être un costume, un veston foncé avec des pantalons déchiré fuyant dans la direction est. Ho, il dit aussi qu'il avait beaucoup de chaine autour de lui, des colliers peut-être.

- Rien d'autre ?

- Ben, c'était encore assez sombre chef.

Tim les interrompit les hélant, venant vers eu en courant le bras en l'air excité comme un gamin.

- Je crois qu'il a trouvé quelque chose chef.

- Ha…et qu'est-ce que te dit ton cell ? Ironique.

- Il n'a pas eu le temps de m'écrire chef. Comprenant soudainement l'allusion.

Tim se présenta devant son supérieur et présente un objet que Phoenix s'empresse d'examiner.

- Qu'est-ce que c'est que ça ? Une babiole ?

- Pas n'importe laquelle des babioles chef, cette sirène qui est représenté sur ce médaillon représente Mami Wata la déesse vodou crainte des pêcheurs. Elle est soit la mère nourricière où l'océan destructeur. Elle peut être représentée avec des serpents et le python est sacré.

- Et tu crois que cela va nous mener quelque part dans l'enquête.

Tim ne s'en laissa pas imposer cette fois-ci.

- Du moins Phoenix, je sais que ce tueur aime ce qui représente le vodou africain où encore brésilien. Y s'assagirais de trouver qui vend cette qualité de babiole.

Un sourire finalement s'étira sur la bouche de Phoenix.

- Tu sais ce que je crois Tim, lui donnant une tape amicale sur l'épaule, nous avons finalement une piste. Allons voir Golberg.

- Moi je croyais que le vodou était Haïtien. Fit remarquer Hubert.

- Le folklore est Haïtien Hubert. Répondit Tim, emboitant le pas de son chef.

- Ha…faisant semblant de réfléchir, je me disais que ça me disais quelque chose. Les suivants à distance.

- Alors Golberd, les morsures te disent quelque chose.

- Inspecteur Phoenix, feignant la surprise, je me disais bien que vous alliez me poser cette question. Une chose est certaine ce ne sont pas celle de piranhas comme la dernière fois, n'y animaux terrestres. Elle se rapproche beaucoup plus de celle du requin.

- Du requin, docteur.

- Cela me rappelle beaucoup une autopsie que j'avais pratiquée plus au sud dans ma jeunesse. Les blessures peuvent être mortel en tout temps, il vous plante ses dents et vous arrache une partie de votre anatomie et vos chances de survie ne tiennent qu'à un fil, fascinant n'est-ce pas. La question est, hésitant, plutôt il y a deux questions à se poser. La première est comment ce fou furieux s'y est prit pour faire manger les parties qu'il voulait à cet animal et la deuxième, prenant une respiration, où est-ce que l'on peut trouver ces animaux.

Les yeux de l'inspecteur s'agrandirent.

- Le grand aquarium.

- Heu, il y a autre chose inspecteur.

- Quoi ? S'inquiétant du visage soucieux du vieux légiste.

- Cet homme était je crois, encore vivant lorsqu'il fut mordu.

- Non d'une merde, il faut capturer ce fou furieux au plutôt. Tim cherche tout ce qui concerne ce médaillon et toi Hubert file au grand aquarium et s'il te faut un mandat va voir le juge Cassetti. Vous me retrouver au bureau.

Les deux hommes partirent aussitôt pendant que Phoenix continua à discuter avec le médecin légiste et peut après dut faire face aux journalistes.

***

De retour au bureau Phoenix fouilla ses notes, quelque chose la titilla dans toute cette affaire. Il n'y avait pas le moindre rapport entre les meurtres antérieur non résolu et les quatre derniers du ravageur et pourtant un détail sembla lui échappé.

- Bordel, où est-ce ? Perdant patience.

Rien n'y fit l'information quelle rechercha lui passa et la frustra.

- Où est la note que j'ai mit de côté, merde.

Arrivant à l'improviste le gentil géant la fit sursauter.

- Vous, vous parler toute seule chef ?

- Hip !, bordel de merde, tu as failli me faire avoir une crise cardiaque.

- Je ne voulais pas capitaine. Baissant les yeux.

- Oublie ça Tim, c'est moi qui était trop concentré.

En guise de réponse le géant timide brandi une liste, qu'il lui tendit.

- Qu'est-ce...tu as déjà trouvé, des noms.

- Oui capitaine, j'ai trouvé la boutique spécialisée qui se diversifie dans les objets de culte de toute sorte.

- Comment t'a fait pour la trouver aussi vite ? Réalisant tout à coup que Tim porte régulièrement différents objets de culte à son cou où épinglé sur ses habits.

- C'est l'endroit que je fréquente à l'occasion chef et puis les liens qui me fraternisent aux propriétaires m'ont permis d'avoir une liste de téléphones et de code postaux des dernières ventes recensés des trois derniers mois en rapport avec les objets vodou. Il ne me reste plus qu'à entré les informations dans notre système de données pour avoir une adresse des acheteurs.

- Excellent Tim, beau travail.

Sur l'entrefaite, Hubert arriva.

- J'ai fait demander un mandat au juge. Je ne l'aurai pas avant demain matin. Le patron du grand aquarium n'était pas jojo à l'idée que je me promène partout et sous prétexte que ces cages à requin étaient mal nettoyées cela pouvait être dangereux.

- Mal nettoyés. Réagit promptement Phoenix.

- C'est ce que je me suis dit chef et là je l'ai senti nerveux et cela chef, je crois que cela ma mit la puce à l'oreille. Car voyez-vous mon flair ne me trompe pas en…

Phoenix prit le téléphone et signala un numéro.

- Dis-tu peux te taire. Le juge Cassetti…il est occupé, je m'en fou avec qui il baise, dite lui que c'est Phoenix et que si jamais ne je loupe le ravageur à cause de ses histoires de cul, il aura affaire à moi. Quoi ! Il est en en réunion avec le ministre de la justice, Phoenix pette un plomb, mais raison de plus, crétin de gratte papier. Dis-lui que c'est urgent bougre d'innocent d'incompétent, sombre idiot…

- C'est à moi que vous parler capitaine Phoenix. Demanda la voix grave à l'autre bout du fil.

- Heu…juge Cassetti…ça vas ?

- Vous avez fini de terroriser mon secrétaire ? J'espère pour vous que ça vaut le dérangement.

- Oui monsieur le juge, nous sommes sur la piste du dernier meurtre du ravageur et cela nous a emmenés au grand aquarium. J'ai besoin d'un mandat, le directeur c'est montré très récalcitrant et à éconduit mon agent et l'opinion publique n'attend pas. Je crois que cela pourra donner une meilleure image au ministre de la justice.

- Bien essayé avec le ministre capitaine, votre mandat sera sur mon bureau, ne me le faite pas regretté, voulant raccrocher, et oui s'il vous plait, soyez indulgent avec mon protégé.

- Bien juge Cassetti. Raccrochant. Prenez vos affaires je vous rejoins à l'aquarium avec le mandat. Emmenez Golberg et son équipe, grouillez-vous.

***

Sortant du bureau comme une bourrasque de vent, Phoenix heurta presque que tout ce qui se présenta devant elle se dirigeant rapidement au stationnement. Dès quelle mit le contact la sirène se fit entendre faisant fit des règlements, sortie côté palais de justice centre ville.

Pendant ce temps les autres enquêteurs se dirigèrent vers le grand aquarium, lorsque d'autres sirènes les dépassèrent. Nullement inquiet les hommes pensifs filaient bon train espérant trouvés quelques indices. Tim plongé dans ces notes texta comme à son habitude et Hubert garda le silence qui surpris son entourage, mais ses lèvres remuèrent malgré lui discutant avec lui-même.

L'aquarium fut en vue, des gens grouillaient partout sur le pourtour de l'édifice, les phares d'ambulances et de polices scintillaient de partout.

- Nom de dieu, c'est quoi ce merdier ? Signala le chauffeur d'Hubert.

Celui-ci réagis promptement, sautant presque de la voiture en marche, surprenant tout le monde par son agilité insoupçonné. S'adressant à un des policiers.

- Que se passe-t-il ? Présentant sa carte de la sureté.

- Un drame, une personne s'est retrouvé dans l'aquarium aux requins et il y a eu plus d'un, en état de choc.

- Merde…merde de merde, ont à un mandat, nous allons perdes du temps. Qui est l'officier supérieur.

- Lieutenant Jolicoeur, il est à l'intérieur. Devinant la question.

- Golberd avec moi, Tim tu peux t'occuper de l'extérieur.

Tim lui fit un signe de tête affirmatif et prit la relève de l'extérieur rapidement.

En moins de deux le petit homme de cinq pieds cinq pouces déplaçant de l'air trouva le lieutenant rapidement.

- Lieutenant Jolicoeur, officier Hubert Langlois, lui présentant sa carte, arrêté tout ?

L'homme un gaillard d'une bonne cinquantaine d'années aux larges épaules et au faciès carré, n'était pas du genre à se laisser tasser.

- Et que me vaut l'honneur de la sureté sur mon lieu de travail ?

- Je peux vous parler seul à seul lieutenant.

L'assurance d'Hubert surpris son entourage, l'officier le suivi à contrecœur. La conversation devint animée rapidement, Hubert gesticule autant qu'il parle sous le regard de marbre du lieutenant. Finalement l'officier s'éloigna d'un pas cavalier, Hubert la tête penchée prit une respiration et souris.

Le lieutenant ordonna à ses hommes de tout arrêter et le capitaine Phoenix se présenta avec le mandat.

CHAPITRE 3

L'équipe médicale légale confirma les premiers soupçons d'Hubert Langlois, comme quoi que le quatrième meurtre avait bien eu lieu à cet endroit. L'attitude du directeur de l'aquarium fut mit en doute mais nul ne saurais expliquer ses raisons, étant la nouvelle victime du bassin du requin. Ses restes furent récupérés, seule une bonne partie de sa hanche gauche manqua à l'appel et sa jambe ne tenait qu'à un fil.

Le docteur Golberg fit ses premières constatations et y vit une blessure à la tête.

- Phoenix, tu veux venir voir ça.

L'enquêtrice se pencha vers l'indication.

- Objet contondant tu crois ?

- Je crois mon amie. J'en saurai plus à l'autopsie.

Phoenix se retourna vers le bassin et y scruta le fond et y remarqua une chose insolite qui n'alla pas avec le décor.

- Je crois savoir avec quoi il a été frappé docteur, l'homme se releva la tête, une barre de métal. *Notre piste c'est refroidi*, se parlant à elle-même.

- Alors voilà notre cinquième victime, Phoenix.

Frustré par la situation.

- Il a dû être témoin de quelque chose et le ravageur est venu pour effacer ses traces. Affirma un Hubert peu volubile.

- Ouais, mais ça ne colle pas avec l'attitude de l'homme que tu m'as décrit. S'il avait été témoin pourquoi n'a-t-il pas appelé la police ? Pourquoi a-t-il voulu cacher l'information ?

- Peut-être que le tueur était sur place. Suggéra Hubert.

- Peut-être, mais avant…un otage, du chantage où un hasard. Je veux connaitre son emploi du temps des derniers quarante huit heures avant la découverte de la quatrième victime.

- D'accord je fais le nécessaire chef. Se préparant à quitté, Phoenix s'adressa à lui.

- Hubert !

- Oui.

- Tu as bien assuré aujourd'hui. Dégageant un sourire.

Les yeux de l'officier pétillèrent comme un enfant.

- Au moins il nous reste la piste du médaillon. Lança-t-il tout bonnement.

Phoenix écarquilla les yeux.

- Le médaillon ! bordel de merde, où est Tim ? Le voyant discuté avec d'autres enquêteurs, elle le héla.

Celui-ci accourut rapidement.

- Prend une équipe et file à la boutique à toute vitesse, son propriétaire est peut-être en danger.

L'air inquiet

- Vous pensé…

- File ! lui ordonna telle.

Sans demandé son reste Tim parti en trombe ramassant ses hommes au passage.

Phoenix resté seul avec ses pensées, s'interrogea sur les motifs du tueur, sa façon de procédé et oublia presque Hubert qui l'observa.

- Je ne crois pas qu'il est fini de tuer Hubert, nous l'avons précipité à accéléré son processus. Il a tué un témoin qui pouvait nous remonter à sa source.

- Tu crois Phoenix que le gardien peut être en danger ?

- Non je ne crois pas, il fera la une des journaux, mais ce qu'il nous a décrit est très limité. Non, je ne crois que notre tueur s'en prendra à lui. Mais, pensant soudainement au directeur, Il connaissait l'assassin.

- Qui ça ?

- Le directeur.

Hubert sursauta.

- Hein ! qu'est-ce qui fais dire ça ?

- Que fais un directeur à un endroit qu'il n'a pas d'affaire.

- Je ne voudrais pas crever ta bulle Phoenix, mais il peut avoir été trainé là, forcé où toutes ses réponses. Je vais faire comme tu as dit et vérifier son horaire du temps et ses antécédents, foi de Watson nous trouverons ce salopard. Tentant de la dérider un peu.

- Ouais c'est ça. Ce figeant à nouveau dans ces pensées.

Le téléphone sonna.

- Inspecteur Phoenix, son visage devint livide, quoi !

***

Trente minutes plus tard à la boutique l'Insolite au nord de la ville, Tim accueilli son supérieur.

- Vos craintes étaient justifiées chef, le propriétaire des lieux à été retrouvé mort dans l'arrière boutique. Il a été battu à mort avec une barre de métal.

- Pour l'arme du crime t'en ais sur.

- Oui, gêné.

- Quoi ?

- Vous verrez par vous-même chef.

Lorsqu'elle vit le corps ensanglanté de la victime, Phoenix ne put éviter un haut le cœur. Sa tête, fracassé comme une tomate trop mur et une barre de métal enfoncé dans le rectum.

- Nom de dieu, j'ai vu des horreurs dans ma vie, mais ça…restant silencieuse devant la scène.

- Il y a autre chose…

Retournant son regard vers lui craignant une autre victime, Tim se figea.

- Je t'écoute Tim.

- Suivez-moi, ce sera plus facile. C'est dans son bureau.

Craintive de découvrir encore quelque chose d'horrible, elle pénétra dans le bureau et resta perplexe. Tout était sans-dessus sans-dessous, un ordinateur en miette, un système de surveillance détruit et une caisse enregistreuse démonté qui n'avait pas d'affaire là.

- Tu as toujours ta liste Tim ?

- Oui chef.

- Je suis certaine que le tueur est sur cette liste maintenant. Tu l'as sur toi ?

Tim sorti une liste avec nom et adresse et la tendit à Phoenix, qui la scruta à la loupe.

- Trouvé moi tout ce beau monde, je les veux au poste pour interrogatoire. Je veux tout savoir sur eux, ce qu'ils mangent, quand ils chient, je veux tout savoir. Montant le ton d'un cran.

- D'accord chef je m'en occupe.

De nouveau seul, Phoenix se plongea dans ses souvenirs. Des flashs lui revenaient sans cesse, des brides de jeunesse imprécise, lui fit un mal de chien. Un mal du passé voulut surgir mais rien n'y fit, seul un violent mal de tête donna un résultat. Étourdit, Phoenix dut s'assoir.

- Capitaine vous allez bien ?

L'officier prit conscience qu'un jeune policier se tenait à son côté et lui tenait le bras et le bas du dos.

- Oui, oui, c'est ma glycémie, elle est trop basse et je n'ai encore mangé. Ouais c'est ça, je suis en faiblesse, je dois manger quelque chose.

Le policier fit signe du regard à un autre qui revint rapidement avec une barre nutritive.

Au bout de quelques minutes interminables.

- Ça va mieux merci, je devrais faire plus attention à l'avenir. Alors continuer les gars, moi je retourne au poste.

- Vous avez besoin d'un chauffeur capitaine ?

- Non, ça va aller… merci. S'éloignant d'un pas lent, cachant son tremblement interne.

Chapitre 4

L'enquête se trouva dans un cul sac et les interrogatoires n'avaient rien donné suite aux alibis fournis et vérifiés. Deux d'entre eux furent suspectés pendant un temps, mais selon la description du gardien du cimetière la grandeur n'y était pas. Pour rajouter l'insulte les journalistes pourfendaient à coup de grand titre l'incompétence de la justice et leurs inerties à conclure l'enquête.

Nous sommes sur une piste, disent-ils. Nous sommes prêts du but. Mensonges ! On nous ment !

Le trio continua à patauger dans les dossiers sans y trouver le moindre indice utile à l'enquête. La pression se fit sentir à tous les jours et l'humeur des uns se trouvèrent explosives.

Phoenix relit ses notes à nouveau et accrocha constamment sur le déplacement de Hubert entre l'aquarium et le palais de justice. Pour elle l'assassin se trouva sur place, cela était indéniable, la nervosité du directeur selon la description qu'il en a fait et l'heure de sa mort démontre hors de tout doute que le meurtrier y était.

Tant qu'au propriétaire de la boutique, sa mort se produisit avant celle du directeur, d'environ une heure et selon son calcul de temps, n'avait pas chômé pour parcourir la distance entre les deux endroits et commettre les deux meurtres. La question se posa, avait-il un complice ? si oui cela était très rare que ce genre d'individu s'associe à quelqu'un pour perpétrer ses rituels. Toutes les victimes finirent par être identifiés non sans mal, mais aucun lien ne les unissait, comme si elles avaient été prises au hasard, hormis les pseudos témoins. Ce qui la frappa davantage, c'était l'acharnement avec le quelle il avait battu ses victimes, surtout le propriétaire de l'Insolite.

La rage qu'il démontra à détruire sa victime en faisait un réel psychotique. Dans son enfance, était-ce un enfant refoulé, battu, rejeté. Son message écrit au dos d'une des victimes, *elle n'a pas été fine, maintenant elle l'ais,* la punition est extrême. Que dois-je en penser ? son entourage doit être limité, un solitaire, un complice non je n'y crois pas, il agit seul j'en mettrais ma main à couper. Soit qu'il a un pot de cocu, où soit qu'il est au courant de nos fais et gestes.

Cette dernière réflexion la fit réfléchir et prit le téléphone.

- Tremblay,... Phoenix Amida, envoi le technicien pour les micros,...non, détection.

Ses deux compères se levèrent la tête.

- Laissez vos téléphones sur les bureaux.

- Qu'est-ce que ça veut dire Phoenix ? Demanda craintivement Hubert.

- Ce pourri est au courant de nos déplacements, allez messieurs, vos téléphones sur le bureau. Déposant le sien.

Le technicien arriva équipé de toute la panoplie de détection et y découvrit effectivement un micro sous la table de Tim.

- Mais en voilà une surprise, pourquoi est tu ici toi loin de chez toi.

Le technicien voyant les visages ahuris le regarder, souris.

- Babiole russe un peu dépassé que l'on retrouve la plupart du temps dans les pays du tiers monde.

- Du tiers monde. Balbutia Hubert, tu veux dire les pays émergent, arabes, africains…

- Ok, bon ça va Hubert. La question est qui à put entrer ici sans qu'ont le sache.

- C'est simple, c'est quelqu'un de la boite, si vous voulez mon avis, confirma le technicien, et votre espion ne peut pas être très loin.

- À quelle distance ? Réagis promptement Phoenix.

- Genre l'autre côté de la rue. Je peux vous aider à le détecté.

- Grouillez-vous ! ordonna l'inspectrice, prenez tous les hommes disponibles.

Dans un tohu-bohu complet, des policiers armés encerclèrent le pâté maison entourant le poste de police, créant un précédent civil. Circulation obstrué, panique considérable, la situation ne passa pas inaperçu et une équipe journalistique se rendit sur place survoler par un hélicoptère qui visionna la situation en direct.

Le ministre de la justice fut harcelé de question ne sachant quoi répondre, disant que son chef de la sureté avait carte blanche et qu'il ne répondrait plus à aucune question, se voilant la face. Tant qu'au chef de la sureté, il se montra avare de commentaire disant qu'il ne parlera de l'opération que lorsqu'elle prendra fin.

Finalement le poste d'espionnage fut repéré dans un café où un appareil avait été installé prêt d'un comptoir connecté au réseau wifi.

Phoenix se senti soulagé, le téléphone sonna.

- Inspectrice Phoenix Amida…oui chef…je vous expliquerai plus tard…non chef, ferme son appareil, tout le monde peut rentrer.

***

Les gros titres firent la une.

- Commotion au centre de la sureté ! Des allures d'occupation ! Le peuple prit en otage ! À quand la fin de cette folie ! Le ravageur se joue encore une fois de la sureté !

Ce dernier titre en hérita plus d'un incluant le ministre de la justice, où l'opposition lui tirait dessus à boulet rouge, exigeant sa démission. La pression se fit sentir à tous les niveaux de paliers et Phoenix n'attendait pas à rire et une voix rugissait.

- Ce n'est pas de la politique que nous faisons Colton, nous, nous suons, nous risquons notre peau à courir après des cinglés. Si nos politiciens veulent courir à notre place…et bien je leur souhaite bien du plaisir.

Le chef de la sureté, un homme dans la cinquantaine aux cheveux grisonnant ne s'en laissa pas imposer.

- Rien n'a prouvé que l'histoire du micro est relié au ravageur et non seulement ça, vous avez créé toute une commotion au quartier, sans parler de la pression de nos élus.

- Vous croyez que l'opposition pourrait faire mieux, qu'ils aillent tous se faire foutre, explosant. À qui appartenait se système d'écoute ? au FSB, à la CIA, le MI5. Je vous le dis tout net Colton, je ne crois pas que notre sureté soit si spéciale au point d'être espionné par les plus grandes agences d'espionnage du monde. Devenant plus songeuse, ça prend quelqu'un de rusé, de machiavélique pour jouer avec nous, il est parmi-nous et c'est ce qui me fais le plus peur. Il a toujours une longueur d'avance sur nous et le seul choix qui nous est offert malheureusement est d'attendre son prochain meurtre en espérant y trouvé des indices.

Les tueurs en série ne se forment pas du jour au lendemain Colton, c'est une résultante de problématique qui peut aller du simple refoulement à l'anti social, indifférent à la souffrance d'autrui ils se plaisent à terrorisé leurs proies et quand sur une impulsion ils décident de tuer, rien n'indique qui sera leurs prochaines victimes, à moins d'avoir développé un schéma de haine sur un groupe d'âge, de style de personne ou de haine familiale.

Tant qu'au ravageur, il agi sous une impulsion de rage incontrôlable et peu importe la victime. Ce qui m'embête, c'est le message écrit au dos de l'une des victimes, il les punit. Ce qui m'amène à penser qu'il c'est trouvé peut-être en centre d'accueil, où en maison de correction, où enfermer je ne sais où. Vous voyez bien monsieur que la politique ne rentre pas dans le cadre d'une enquête.

À nouveau sa santé vacilla, des flashs lui revinrent encore, sa tête lui fit un mal de chien, l'épuisant totalement. Colton hurla de l'aide qu'elle entendit à peine, se prenant la tête.

Des gens se précipitèrent à son secours et sa vue s'embrouilla.

***

Lorsqu'elle revint à elle, de sa vue légèrement brouillée, elle perçue un ventilateur tournoyant au plafond, se demandant ce qu'il faisait dans le bureau du chef de la sureté. Une voix attira son attention et chercha à ce concentré sur sa provenance et sa tête se mit à faire souffrir de nouveau.

- Hoooo…ma tête, qu'est-ce qui s'est passé ? où est-ce que je suis ?

- À l'hôpital chef, vous pouvez dire que vous nous avez foutu une de ses trouilles capitaine.

- Hubert ! à l'hôpital, se cabrant d'un coup.

- Holà, holà, intervint l'infirmière de service, restez étendu, le médecin va venir voir sous peu. Il a été averti.

- Le médecin, qu'est-ce que je fais ici ?

- Calmez-vous madame Amida, tout est sous contrôle.

- Vous devriez l'écouter capitaine, ils savent ce qu'ils font. Ça me rappelle lorsque je me suis tordu un genou et que…

- S'il te plait Hubert, la ferme. Portant une main à son front.

Hubert se pencha vers elle plus sérieux.

- Bon retour parmi-nous Phoenix.

S'ouvrant les yeux tout grands, Phoenix vit des marques de torsions sur son poignet. Interrogeant Hubert du regard.

Mal à l'aise Hubert hésita à répondre, haussant les épaules en signe d'impuissance, sauvé in extrémise par l'arrivé du médecin.

- Ha voilà notre patiente revenue à elle. Je suis le docteur Chézabel spécialiste des problèmes de choc crâniens, en quelque sorte. Rigolant.

- Heu, docteur Chézabel. Se souvenant de son médecin traitant qui lui avait déjà mentionné son nom, la soupçonnant d'avoir subit une forte commotion.

- Alors comment vas votre tête ce matin.

- Mal, mais pas comme d'habitude.

- Vous êtes vraiment faites solide capitaine, vous avez passé à deux doigts de mourir, la surprenant. Vous avez subi un AVC et nous avons put résorber le sang en vous maintenant dans un coma artificiel.

- Comment ? Ne comprenant pas.

- Ce qui nous a permis de voir par la suite des lésions que vous avez déjà subits. Un violent choc, comme un accident, un coup porté à la tête, sont du domaine possible qui ont put provoquer votre AVC. Pour l'instant ne cherchez pas à vous souvenir de quoi que ce soit, je vais vous administrer un sédatif pour vous faire relaxé et plus tard les questions. Se retournant, Je vais demander à tout le monde de sortir, votre capitaine à besoin de repos.

Autoritaire les gens n'eurent d'autre choix que de sortir, laissant seul l'enquêtrice fasse à ses souvenirs douloureux. Un paysage irréel se présenta, confus, des sons qui la rendit perplexes, des cris horribles et puis s'endormit.

***

Trois jours plus tard mieux rétablis ont lui expliqua ses marques de contentions sur les poignets, les hurlements liés à des souvenirs d'enfances dont elle en avait aucun dut à une sorte de blocage émotionnel. Un choc d'une rare violence enfoui quelque part dans un compartiment qui voulait ressortir. Qu'une sorte d'élément déclencheur aurais put provoquer le retour de cette violence enfoui au quelle, elle devait faire face avec de l'aide guidée.

Tim et Hubert se présentèrent à sa chambre avec un bouquet. Le plus secret s'adressa à elle en premier.

- Comment ça va Phoenix ?

- Salut les gars, mieux Tim, j'ai juste hâte de reprendre le boulot.

Hubert s'objecta.

- Tu n'y pense pas Phoenix, pas dans ton état. Tu es hors course pour l'instant ordre du médecin, aucun stress, quelle a dit. De toute façon ton déchiqueteur n'a pas refait surface depuis ton hospitalisation.

Comme une aiguille chauffée à blanc qu'ont lui pénétra au cerveau, Phoenix eu une réaction soudaine.

- Comment la tu appelé ?

- Le ravageur.

- Non le déchiqueteur. Les yeux en feux, soupirant.

- Ben, c'est juste un synonyme que j'ai pris. Ne sachant pas trop ce qu'il avait dit se trouva déplacé.

- Hubert t'est un génie.

- Heu, moi. Cherchant du regard une réponse de son ami Tim, tout aussi interrogé par la situation.

- Trouvez-moi mon linge, je sors d'ici.

- Hein, tu n'y penses pas. Intervint Tim à son tour.

- Aie si vous voulez vous prendre une trempe, mettez-moi hors de moi. Mon linge tabarnak.

***

Deux minutes plus tard dans le corridor de l'hôpital, deux hommes en retenant une troisième de façon discrète évitèrent le plus possible les infirmières et attendirent patiemment devant un ascenseur placé en face comptant les secondes d'attentes infernaux que cela produit.

Tentant de faire une blague, Phoenix

- Maintenant je comprends l'angoisse de ceux qui cherchent à s'évader.

L'élévateur arriva finalement, les gens descendirent, dès qu'ils pénétrèrent Phoenix ne se retourna pas avant d'être certaine que les portes ne soit fermé et respira un bon coup au moment quelle mit le pied à l'extérieur. Son sentiment de liberté la galvanisa et trotta jusqu'au stationnement. S'assoyant à l'avant.

- Trouve-moi un café, Hubert, puis au bureau.

- Oui chef.

Décollant rapidement.

Chapitre 5

Le chef de la sureté arriva en trombe lorsqu'il entendit que Phoenix se trouva à son bureau et fit une entré fracassante.

- Nom de Dieu, Capitaine Phoenix êtes-vous folle ? Vous étiez sur votre lit de mort il y a à peine quelques jours. Vous devriez être encore sur votre lit d'hôpital. Même qu'il vous cherche.

Phoenix ne se retourna pas, restant concentré sur ces recherches.

- Merci de votre sollicitude monsieur, non je ne suis pas folle et ma place est ici.

Colton fut bouche bée.

- Vous êtes en congé de maladie et relevé de votre affaire, le saviez-vous. Ne sachant pas trop comment réagir.
- Alors réintégré moi, je suis la meilleure et vous le savez.

Soupirant Colton contempla la situation.

- Je crois que vos deux zigotos l'ont déjà approuvé. Vous avez une nouvelle piste ?

- Ouais, le déchiqueteur et c'est grâce à Hubert.

L'intéressé haussa les épaules ne sachant pas trop ce qu'il avait dit :

- Voilà, j'ai trouvé ! J'ai demandé à Interpole s'il avait des dossiers concernant un meurtrier en série sous l'appellation le déchiqueteur. La réponse est oui. J'ai besoin de votre autorisation pour recevoir une copie des dossiers, je leur ai expliqué que notre ravageur peut, peut être s'inspiré de ce fou furieux.

Colton, souris malgré lui, impressionné.

- Allez, poussez-vous un peu, je vais leur répondre et ne regarder pas au-dessus de mon épaule pour avoir mon mot de passe. Lui arrachant un sourire. Maintenant je vais en découdre avec le ministre, vous avez tout mon appui, se relevant, prenez soin de vous capitaine.
- Merci.

Resté seul avec ses amis, Tim et Hubert attendirent une réponse.

- C'est une image qui m'ais revenu Hubert, quand tu as prononcé le nom déchiqueteur. Je ne sais pas trop ce que sais et d'où elle vient, mais le nom déchiqueteur me sembla familier. Quelque chose qui se serais passer sous d'autres cieux, mais je ne sais pas quand.

- Et tu crois que cela pourra nous rapprocher du ravageur. Demanda timidement le grand Tim.

- Je l'espère mon grand, parce que je suis certaine qu'il tuera encore. Quand vas t-il frappé à nouveau, là est la grande nébuleuse. Alors si ont regardent à nouveau toutes nos informations.

D'un commun accord les trois enquêteurs rassemblèrent leurs notes sur un même tableau et tentèrent de décortiquer les informations cachées. Les heures passèrent et les scènes aussi ingénieuses que ridicules furent exposées. La fatigue se lit sur les visages et plus rien de nouveau ne sortit.

- Messieurs, je crois que cela suffit pour aujourd'hui. Ont ne peu aller plus loin.

Se tournant pour fermer son ordi, vérifiant ses messages, l'un d'eux Interpol écrit hautement confidentiel. La réaction de joie que ressenti Phoenix fut de crier et pour une raison quelle ne s'expliqua pas, ferma l'ordi. Peut-être à cause du micro découvert il y a quelques jours où de la petite voix intérieure qui lui dicta une nouvelle ligne de conduite.

- Je crois que je suis épuisé. Dite il y en a un qui voudrais me reconduire.

Les deux se proposèrent et l'insistance du grand Tim surprit et fit rigoler tout le monde.

- Allez ont vas prendre une bière, c'est moi qui paie. Je sais vous, vous êtes ennuyée de moi.

Le bureau fut fermé à double tour et un policier de faction en bloqua l'entrée depuis la découverte du micro.

***

Dix-neuf heures se pointa et Phoenix descendit d'un taxi devant sa porte d'entrée, lorsqu'elle ouvrit sa porte, son appartement se trouva sans dessus-dessous.

- Merde, si j'avais besoin de ça. Je verrai ça demain, vivement mon lit.

Sa chambre n'était pas mieux, son lit perforé, des plumes partout. Trop fatigué elle tomba d'épuisement sur son lit.

Au lendemain Hubert et Tim se présentèrent chez elle accompagné de d'autres policiers, vérifiant et photographiant tout ce qui pouvait l'être. Force était de constaté que tout avait été brisé, éventré et taché de peinture. Rien n'avait survécu au vandalisme pur que son appartement ais subit.

- Merci pour le café les gars, en passant rien ne semble avoir été volé, tout a été détruit.

- Tu crois à une vengeance Phoenix ?

- Peut-être Hubert, du moins veut ton le faire croire.

- Une mise en scène, tu crois.

- J'n'en mettrai pas ma main à couper, mais c'est n'importe quoi. Normalement une vengeance tu t'acharne sur un objet, une photo, sur n'importe quoi de particulier qui est la raison de cette haine. Mais là je n'ai rien vu, sauf m'emmerder.

Deux hommes s'approchèrent.

- On peut vous débarrasser de votre matelas madame.
- Le rapport est rempli, oui, faite.

Les deux hommes soulevèrent le matelas en piteux état et commencèrent à s'éloigner, quand, un bijou apparut sur le plancher.

- Tiens une amulette, fit remarquer Hubert.

L'expression du visage de l'inspectrice s'étira.

- Une amulette, je n'ai jamais possédé d'amulette.

Hubert s'empressa de la ramasser.

- Tiens ont dirais le même genre de babiole que l'…

- Quoi ! Tim lui arracha l'objet avant qu'il ne termine sa phrase. Mami Wata!, avec des serpents, vous n'êtes plus en sécurité ici capitaine.

- L'enfant de salaud ! tous au poste. Nous allons le trouver ce salopard.

D'un pas cavalier se dirigea vers la sortie.

***

Arrivée au central Phoenix rage tout autant et ne décolère pas. Le garde toujours devant la porte du bureau la rassura quelque peu.

- Je ne veux pas être dérangé pour aucune raison, c'est un ordre.

Avec empressement Phoenix s'installa devant son ordi.

- Tu disais Tim, que ta mama wata venait de ou ?

- Mami Wata, de certain pays africain de la côte atlantique et où du Brésil. Jetant un regard interrogateur vers Hubert.

- Ha, voilà le dossier, se parlant à elle-même, allons, allons où te cache-tu, mon beau salaud. Déchiqueteur, tueur en série ayant sévit en Afrique,

Cameroun, Congo, Sierra Léone, Rhodésie, origine hollandaise né en Afrique du sud. À fait parti des mercenaires du capitaine Nin, interrogation et torture.

Puis regarde les photos l'accompagnant et l'une d'entre-elle la frappe. L'homme en tenue militaire, tenant une barre de métal tout sourire, un homme en sang à ses pieds. Phoenix télécharge la photo pour l'imprimante et en trouve d'autre qui montre l'état de ses victimes et confirme ce quelle craignait.

- Messieurs nous avons à faire à un imitateur. Le déchiqueteur se prénommait Élias Kronenburg, ont lui a attribué plus d'une quarantaine de meurtres sans compté les viols et tortures en tout genre durant les différentes guerres. Ce monsieur louait ces services aux seigneurs de guerre. Il est fort à parier que notre imitateur soit un étranger d'origine.

Tim tu revois d'un nouvel angle, ta liste des acheteurs d'amulettes. Hubert revoit tout les témoignages et les alibis de l'aquarium, moi je m'occupe du meurtre du boutiquier.

Les deux hommes la regardèrent la mâchoire entrouverte.

- Quoi ! vous voulez ma photo ? foutez-moi le camp crétin d'eau douce.

Les deux hommes ramassèrent leurs notes, dossiers et au bout de quelques minutes obtempèrent aux ordres du capitaine.

Au moment qu'ils vidèrent les lieux, le téléphone sonna.

- Amida… tu es certaine ? Ne dit rien à personne, je descends.

Phoenix se précipite au laboratoire, les traits remplis d'appréhensions. Un dénommé Wilson l'attend à sa porte d'entrée, d'un signe de tête Phoenix lui fit comprendre quelle le suis.

Devant sa table de travail, des pièces détachées d'ordinateurs trônaient un peu partout, numéroté. Un petit puzzle se trouva reconstitué, une tâche de sang.

- Voilà ce que nous avons trouvé capitaine et nous l'avons fais analyser. Ce sang n'appartient pas au boutiquier et les tests ADN nous ont révélé ceci. Wilson pèse sur un bouton, présentant une photo sorti d'un système d'identification et celle qui apparut lui montra un homme en tenue militaire tenant une barre de métal.

- Le déchiqueteur ! mais c'est impossible Wilson, cet homme est mort depuis des années.

- C'est vrai capitaine, en principe, mais cette goutte de sang est très récente et il peut s'agir d'un membre de la même famille.

Les dernières paroles furent comme du béton qui tombe sur le sol, confirmant ce quelle venait de trouver.

- Ce n'est pas un simple imitateur, c'est son fils, par tous les saints.

Phoenix se sentit étourdie à nouveau et du prendre appui pour ne pas tomber, inquiétant Wilson.

- Vous, vous sentez bien inspecteur ?

- Oui, oui, c'est comme si j'avais reçu un coup de poing au plexus, cela ma scier les jambes et je dois l'avouer, je ne suis pas totalement remis. Surtout ne dite rien aux autres, ils pourraient m'apportés des fleurs et des bonbons. Tentant de rire.

- Vous avez raison capitaine, je n'en dirai rien, je vous le promets. Dégageant une légère grimace.

- Pour l'instant pour la goute de sang, n'en parler à personne.

- Vous craignez un autre coup de jarnac capitaine ?

- Oui et moins qu'il y aura de monde dans la confidence, mieux cela vaudra.

CHAPITRE 6

Le ravageur frappe à nouveau, dit le Chronique, Que fait la police encore une fois ? déclare le Grand journal, Vous n'êtes plus en sécurité à Montréal, annonce la télévision de l'état.

Les gros titres firent rage la journée durant, personne ne fut épargné. Les communes furent ébranlées et tous réclament à tort ou à raison la démission du ministre de la justice. Le chaos le plus total règne sur la province.

Au central la bonne humeur n'y est pas plus et l'enquête fait du surplace, malgré la découverte de la provenance de la goutte de sang. Tim découvrit parmi sa liste trois suspects potentiels avec des origines africaines et les fis surveiller. Mal lui en prit, la cinquième victime se retrouva l'un d'eux, qui disparus sous sa surveillance.

Tant qu'à Hubert son enquête sur le meurtre de l'aquarium ne le mena nulle part. Rien dans les antécédents du responsable du grand aquarium ne le conduisit à l'assassin. Ce qui lui confirma que l'homme tué fut témoin de la scène de meurtre de la quatrième victime du rituel du ravageur et qu'il se devait de l'éliminer.

Tant qu'à Phoenix la rage au cœur, frustrer de savoir que l'assassin tout proche épie ses gestes. Cherche toujours à savoir comment il c'était introduit dans son bureau au sus et au vus de tout le monde. Pour elle aucun doute possible, l'assassin est de la boite. Entêté Phoenix garda pour elle l'information de la goutte de sang et se mit à vérifier certaines informations sensibles concernant quelques policiers enquêteurs, Le résultat fut peu probant et la décourages.

Tim texte son ami Hubert pour lui signalé les états d'âmes de Phoenix de peur qu'elle l'entende. Ce qui le fit se levé pour aller aux sources.

- Ma mère disait, *rien de mieux qu'un bon chocolat chaud pour retrouver sa bonne humeur.* Détendant l'atmosphère.

Le regard perdu, celle-ci esquissa un sourire malgré tout.

- Tu crois que ça peut marcher ?

- J'ai eu tendance à croire ma mère très longtemps quand j'étais petit et cela ma réussis assez souvent. Mais le truc au chocolat chaud n'a jamais manqué. Tout sourire.

- Ouais, tu as raison ; allez, on va se prendre un chocolat, au café d'en face. Se levant d'un coup sec.

- Ouais, changeons d'air. Rajouta un Tim tout souriant.

Tous s'exécutant vers la sortie, un courrier se présenta devant le capitaine.

- Quelqu'un m'a donnée ça pour vous capitaine.

- Très bien Durand, donne-le au garde, je sors un instant.

L'homme tourna les talons s'en demandé son reste et disparu rapidement, pendant que les trois enquêteurs sortirent à l'extérieur.

Dès leurs entrées au café, Hubert donne l'apparence d'être chez-lui.

- -Simonne donne nous trois gros chocolats chauds avec un soupçon de cannelle, c'est moi qui régale.

L'employée un peu rondelette possédant un magnifique visage s'empressa de préparer les boissons et se précipita en un rien de temps à la table d'Hubert.

- -Alors mon beau caillou, lui flattant la tête, tu as eu une promotion ? pour te lancer dans la dépense comme ça.

- Heu…pas vraiment, mon petit sucre d'orge, mal à l'aise, je t'expliquerai plus tard, clignant d'un œil.

Le sourire mielleux Simonne s'éloigna sous le regard admiratif d'Hubert.

- Caillou, s'éclata Phoenix.

Hubert revint parmi eux.

- -Ça reste que c'est une chic fille. Prenant une gorgée pour cacher sa gêne.

- Je n'en doute même pas, ricana-t-elle, je viens de comprendre ton histoire de chocolat chaud. Tu voulais nous présenter ta fiancée.

Tim continua à jouer avec son cellulaire.

- Heu…Hubert n'eut pas le temps de rajouter une parole, qu'une puissante déflagration supprima tout autre son.

- Bon dieu ! une explosion. Phoenix se précipita vers l'extérieur suivi des deux autres.

Hubert fut le premier à émettre un commentaire.

- Enfer, c'est le poste de police.

La fumée s'éleva, des flammes apparurent accompagné d'hurlements. Le temps de le dire, les trois inspecteurs se retrouvèrent aidant les blessés.

Des sirènes de toutes parts bruissèrent sans arrêt dans l'espace devenu restreint. Ambulances et camion de pompier se col taillèrent les endroits prioritaires. Tant qu'aux policiers absorbés par la foule et les journalistes durent reculés le cordon de sécurité et dévié le trafic ambiant. La colère et l'impuissance se lit sur les visages et la moindre pression supplémentaire peut aisément enclencher une émeute.

Le chef des pompiers fit venir le capitaine Phoenix.

- Capitaine selon les sources premières que j'ai obtenu, ceci n'a rien à voir une canalisation de gaz qui a explosé.

Le visage crispé de l'inspectrice attend la suite de l'information, sentant le malaise du chef des pompiers.

- C'est une bombe.

- Je m'en doutais. Serrant les dents.

- De quelle nature, il est trop tôt. Seule une enquête plus approfondie nous le dira.

Le regard furieux, n'écoutant plus, Phoenix scrute la foule et les horizons à l'aide de jumelle, cherchant un indice, un coupable, une raison. Une larme lui coula sur le côté et cherche à la dissimulé.

***

Le lendemain à la une de tous les journaux, la nouvelle s'intitula ; *Une canalisation défectueuse explose, 4 morts et 12 blessés. Une enquête est en cours.*

La réalité se trouva tout autre. Quelque jours plus tard, dans un bureau fermé tenu secret de la gendarmerie royale du Canada, un dénommé Gilsworth .

- Votre bombe est ce que l'on appelle dans le jargon, une bombe à effet de souffle inventé par les allemands durant la fin de la deuxième guerre mondial. Le but était de détruire les structures et le personnel par une onde de choc. Par contre on est loin de la grosseur des bombes de cette époque. Votre bureau c'est retrouvé complètement soufflé de la même façon et a tuer tout ce qui se trouva sur son chemin. Nous avons affaire à un connaisseur et cela fut déclenché à distance, un simple téléphone aura pu faire l'affaire.

- Merci sergent, comme vous voyez ceci concerne la sécurité du pays. L'homme qui s'adressa à eux, de nature intimidante, ne cherche même pas une moindre subtilité de compréhension. Nous avons affaire à un terroriste.

Phoenix n'attendait pas du tout à ce faire glisser le tapis sous les pieds.

- Juste comme ça commandant Mc Kenzie, vous nous balancer le mot terroriste parce que une bombe à exploser et pfeuff, fini l'enquête, vous prenez la direction.

L'homme peut impressionner.

- Comme vous dites chez-vous, ouais.

Le regard incendiaire.

- Et vous croyez que je vais laisser faire ça ?

- Non, pas moi, mais eux oui.

Deux hommes entrèrent, complet, cravaté, l'un d'eux se trouve être Gilles Tanguay ministre de la justice et l'autre Jerry Crowford ministre de la défense.

- Messieurs si vous voulez prendre place. La parole est à vous.

Le ministre de la justice prit la parole en premier.

- Capitaine Phoenix, tous les yeux sont braqués sur nous et plusieurs exigent des démissions.

- Je ne fais pas de politique monsieur le ministre. Lui répondant sèchement.

- Je vous l'accorde capitaine, nullement choqué, mais certains sous le couvert de la paranoïa, vont vouloir voter des lois baillons pour contrôler davantage la population. Étant donné la mauvaise presse que nous avons et la difficulté que vous avez a travaillé en paix, nous avons pensé qu'il était temps que d'autres joueurs entrent en jeux. Bien sûr au Québec c'est toujours un peu plus compliqué qu'ailleurs. Alors l'idée du terrorisme avec ce qui se passe dans le monde pourra nous être utile. Alors j'ai fait appel au patriotisme canadien et à mon ami Jerry Crowford de la défense.

Celui-ci prit la parole à son tour.

L'idée est qu'en ce moment même un communiqué passe sur toutes les ondes télé et radio pour dire que la défense national prend le relais. Ce qui veut dire qu'officiellement vous n'êtes plus responsable du dossier, mais qu'officieusement nous voulons que vous continuiez, mais le pouvez-vous ?

Surprise de la demande, sa réaction fut étouffée par une toux nerveuse.

- Oui je le peux, mais j'ai quelque chose d'autre à vous montrer. Sortant une lettre de sa veste et la tendant au ministre de la défense.

- Qu'est-ce que sais ?

- Lisez monsieur le ministre.

Jerry Crowford roula des yeux à la vue de ce qu'il lit.

- Jésus…cet homme est fou a lié. Passant la lettre a son homologue provincial, qui jura à son tour.

- Fou peut être monsieur, mais cet homme n'est pas un tueur en série comme nous l'avions cru, il cherche à assouvir une vengeance contre moi. Sa lettre me le confirme, il tuera tous ceux qui font partie de mon entourage. Pourtant il cherche à me faire comprendre quelque chose avant d'en finir avec moi.

- Pourquoi ça capitaine ? Lui demanda Tanguay.

- Ce salopard a toujours une longueur d'avance sur moi et si selon ses souhaits, il aurait voulu me tuer, je ne serais pas ici. Non je vous le dit tout net, ce salaud veut me tuer en face et je ne sais pas pourquoi.

- Vous croyez que vos origines y sont pour quelque chose, capitaine ? Se risqua à nouveau le ministre de la justice.

- Tout est possible monsieur, mais je n'ai aucun souvenir de cette partie de ma vie, de mon enfance. Selon les spécialistes, j'aurais subi un traumatisme étant jeune et j'ignore le quelle. La seule piste intéressante que nous avons ais, qu'il imite le déchiqueteur de l'Afrique et qu'il est un de ses descendants. Surprenant son auditoire. Une trace de sang retrouvé sur les pièces fracassés d'ordi chez la victime le boutiquier. Dans sa crise de rage à tout détruire, notre assassin c'est fait subir une légère coupure. Mais la, toutes ses informations ont disparu avec l'explosion. Je suis persuadé que c'est quelqu'un de la boite et alors,... je crois que votre solution est ce qu'il y a de mieux.

- Très bien, intervint le commandant Mc Kenzie, je vous mettrai sous surveillance, de manière discrète.

- Mes hommes ne sont pas au courant pour la goutte de sang, seul Wilson du laboratoire et moi le sont. Pour la lettre, ils le sont et Hubert tout comme Tim, me sont très précieux et je suis certaine qu'il va s'en prendre à eux.

- Vous êtes objective capitaine avec cette possibilité. Le ministre de la défense sembla fourvoyé avec sa question.

- Il a réussi à faire exploser notre central monsieur et sans que l'on puisse le voir venir. Je peux imaginer la suite, sans aucune difficulté.

Phoenix remarqua un regard complice du commandant Mc-Kenzie avec celui de Tanguay. Voyant sa réaction le ministre la rassura rapidement.

- Heu, capitaine, désolé de devoir vous dire ça. Prenant une pause. Nous avons une copie de vos dossiers.

La surprise se lit sur son visage. Un sourire apparut plutôt que sa fureur.

- Interpol

Mc-Kenzie prit la parole.

- Colton, votre supérieur a demandé l'aide de la GRC concernant Interpol et nous a fournis par le fait même votre dossier du ravageur. Nous pouvons vous fournir à nouveau toutes vos notes. Nous, nous sommes permis d'y rajouter quelques informations supplémentaires.

Le cœur de Phoenix trépigne de joie à l'annonce de cette nouvelle.

- Dieu que je bénis Colton et quelles sont ses informations ? Retombant sur ses pieds.

- Des meurtres non résolus qui se sont déroulé en Afrique, en particulier en Ouganda et au Burkina Faso il y a trente ans. La plupart furent lié aux princes de guerres, ce qui donna bonne conscience aux dirigeants de l'époque. Puis quand le déchiqueteur fut tué bien de ces meurtres lui furent attribué. Mais, certains furent commis après sa mort portant sa marque et l'homme revenu des morts sévi à nouveau pendant un temps, puis plus rien, disparu complètement de la mappe. Aujourd'hui nous avons une sorte de copie qui tue pour passer un message, une vendetta liée à vous y semblerait, vue la lettre que vous avez reçu.

Phoenix se recula dans son siège.

- Ouais, ça laisse songeur. Il tue pour rappeler quelque chose et puis tue ceux qui peuvent le retracé, nous découvrons un micro, saccage mon appartement et laisse une amulette en souvenir d'une déesse africaine, puis fais sauter le central et pour finir cette lettre qui menace de tuer tout le monde autour de moi. Finalement ouais, ça laisse songeur.

Mc-Kenzie déposa son menton sur ces mains.

- Et oui quelle est le lien ? Pince sans rire.

- Et bien commandant, vous ne m'aviez pas dit que vous aviez le sens de l'humour.

L'homme esquissa un sourire.

- Je crois qu'il faudra fouiller votre passé capitaine pour comprendre ce qui ce passe.

- Je crois que mon passé c'est trouvé fouiller des masses depuis que je me suis joins a la sureté. Il n'y a que mes douze premières années auquel je n'ai aucun souvenir. Tout ce que je sais, fut une famille qui m'a recueilli en provenance d'Afrique et que j'y ai grandi heureuse jusqu'à mes dix neufs ans, puis mes parents adoptifs sont morts dans un accident de la route par la faute d'un ivrogne qui s'est enfui.

Mc-Kenzie ouvrit un dossier et continua.

- Vous avez été suivi pour choc émotionnel pendant un an et avez été sujette à des hallucinations. Suite à cette douloureuse expérience, vous êtes devenu enquêtrice. Votre hargne a trouvé les méchants vous on valut des récompenses. Alors la grande question qui nous intéresse est, avez-vous eu d'autres fâcheux souvenirs depuis ses derniers temps ?

Phoenix prit une pause et réalisa quelle ne c'était pas préparé à cette situation. Hésité à répondre serait stupide, surtout que l'officier contrôle bien la situation.

- Oui, j'ai eu d'autres visions, mais ça vous le savez déjà.

L'officier souris.

- Bon bien, réagit le ministre de la justice, nous allons vous laisser à votre enquête. Je crois que tout a été dit, vous travaillé de concert avec le commandant Mc-Kenzie. Bonne journée messieurs, capitaine. Les deux politiciens se retirèrent, laissant les enquêteurs sur place.

Puis de nouveau Mc-Kenzie.

- Seriez-vous prête à tenter une expérience avec un hypnologue.

Phoenix accusa le coup et se mit à trembler de l'intérieur.

- Je sais que cela peut vous perturber capitaine, mais je ne veux pas vous forcer. C'est à vous de décider.

Soufflant, en manque d'air, stressé par la peur de faire face à ces démons intérieurs.

- Un jour ou l'autre je devais finir par y arriver. Je crois qu'il est temps. Comment on procède ?

L'officier se leva, une pièce d'homme.

- Nous avons une salle d'interrogatoire aménagé à cet effet. Si vous voulez bien me suivre.

- Vous ne manquez pas d'aplomb commandant. Qu'est-ce qui vous a fait croire que j'accepterais ? Le regard perplexe.

- Simple déduction capitaine, votre sentiment de culpabilité, d'y être pour quelque chose pour la mort de vos confrères. La sentant mal, il est temps d'y mettre un terme et nous allons vous épaulé.

Phoenix fit un signe de tête en guise d'appréciation et suivi son congénère vers l'autre salle.

Chapitre 7

Phoenix se réveilla toute en sueur, lâchant un cri. Le temps de le dire se réveilla complètement, des hommes accoururent.

- Capitaine, tout vas bien.

Entendant la voix d'un garde, elle se rappelle.

- Oui, oui ça vas, ce n'est qu'un cauchemar de plus.
- D'accord capitaine, fausse alerte les gars. Les hommes reprirent leurs gardes.

Nue comme un ver, transpirant à grosse goutte, Phoenix reste encore confuse. Ces idées reviennent peu à peu.

- Qu'est-ce le docteur disait ?, concentre-toi sur ta respiration, évite de paniquer. Ce qu'elle fit, puis se levant se dirige vers la salle de bain pour se prendre un verre d'eau et se vit les seins gonflés à bloc en manque de sexe, se rappelant que cela fit bientôt trois ans que rien ne c'était passé dans sa vie.

Se parlant à elle-même.

- Leurs piqures n'ont pas juste réveillés des souvenirs, ça inclus mes hormones, bout de saint ciel. Me voilà avec le corps en feu, il me reste qu'à me masturber.

Quelques minutes plus tard tentant de rassembler ses souvenirs, elle revit avec douleurs certains d'entre eux de son enfance, grâce au procédé que l'on lui injecta. Une sorte de dérivé du sérum de vérité, guidé par un expert de la transe guidé. La drogue avait pour but de la détendre au max afin de lui éviter une réaction trop vive. Sa mémoire avait révélé des faits surprenants, que les gens prirent en notes.

A son réveil Phoenix ne se souvint de rien et se trouva avec un mal de tête carabiné. Seul des brides de conversation lui était revenu à ce moment. Croyant que cela était terminer, Phoenix se rappela les dires de Mc-Kenzie et du docteur Alonzo.

- Vous ne croyez quand même pas que vous allez nous quitter comme ça capitaine. Ce n'est que le début de l'iceberg. Nous allons vous garder avec-nous pendant quelques jours, vous serez en sécurité.

Puis se mit à rire, se rappelant les avoir traités d'ordures et de pleins d'autres choses. Qu'ont étaient loin de l'hypnologue. Les heures passèrent devenant des jours et chaque retour de ses transes des brides de mémoire lui revinrent en vrac, la confondant entre une réalité et une fiction et démêlé le tout ne se trouva point une sinécure. Par contre des images floues d'un homme ainsi qu'un rire démoniaque revenaient sans cesse. Ses questions restèrent sans réponses et le responsable de la transe guidé lui expliqua les risques que cela pouvait enquérir s'il insistait à revenir sans cesse avec les mêmes questions. Le tout pouvait altérer sa mémoire et lui fabriquer des souvenirs non réels. Son travail consistait à ouvrir une porte à sa mémoire et non lui suggéré quoi que ce soit. Malgré tout, ses cauchemars devinrent une source d'informations plus utile qu'il n'y paru. Lui provoquant des brides de joies et de grandes peines. Par le fait de reprendre le contrôle par la respiration des images se dessinèrent plus rapidement aussitôt le calme revenu.

Comme d'habitude l'image de l'homme reste floue une fois de plus et la décourage, se disant un jour peut-être qu'elle finira par savoir.

- Pour l'instant je vais retourner me coucher et rêver à ce docteur Alonzo.

***

Le soleil levé, fraiche et dispose Phoenix se dirige à nouveau vers sa salle de travail. Des gens commencèrent à arriver, l'ambiance un peu froide contraste avec celle du central de la sureté.

Songeuse, se rendit compte qu'un homme l'observa, Mc Kenzie.

- Commandant. Sortant de ses pensées.

- Capitaine. Grimaçant en signe de sourire. Je dois vous parler seul à seul.

Le ton peu rassurant de l'officier altéra dans l'immédiat sa bonne humeur.

Une fois seul, il lui tendit une lettre et l'invita à la lire. Nerveusement Phoenix peu rassuré la prit du bout des doigts, l'ouvrit et nerveusement ses yeux se posèrent sur les mots.

- *Bientôt un être cher à tes yeux mourra. Tu souffriras comme j'ai souffert. Je te donne rendez-vous en cette année deux mille seize ce onze aout. Surveille l'ombre du grand astre.* Quand avez-vous reçu cette lettre ?

- Il y a, à peine cinq minute. Le courrier a été retenu, nous sommes à vérifier son identité.

- Je peux le voir ?

Mc-Kenzie lui fit un signe affirmatif et la dirigea vers une salle d'interrogatoire derrière une vitre.

Phoenix vit le jeune courrier d'environ dix-neuf ans, nerveux se demandant ce qu'il avait commis.

Un homme entra.

- Commandant, nous avons reçu la confirmation. Il travaille bien pour service express et son patron nous assure qu'un jeune garçon s'est présenté avec une enveloppe et des recommandations précises écrite pour la livraison.

- Alors qu'attendons-nous pour aller voir ce garçon ? Réagit Phoenix.

- Selon l'homme le garçon avait à peine dix ans.

- Hé merde !, le salopard se joue de nous, il a tout prévu. Inutile de chercher le jeune garçon, je suis convaincu qu'il nous décrira un personnage différent de ce qu'il doit être.

- Un déguisement. Grimaça Mc-Kenzie. Relâchez le coursier, nous n'en tirerons rien de plus.

- Non la réponse est dans le message et c'est sur ce message que nous allons nous pencher et je ne veux plus que l'on me fouille la tête. J'ai assez perdu de temps, je veux mes hommes, un bureau, mes dossiers et que l'on me foutre la paix.

Pour toute réponse Mc-Kenzie dégagea un sourire énigmatique et donna ses ordres.

***

Trois heures plus tard.

- Salut chef, je suis content de te revoir.
- Moi aussi Hubert et toi Tim tu ne dis rien comme d'habitude ou ta besoin de ta béquille.

Serrant son cellulaire celui-ci se dirigea vers Phoenix et à sa grande surprise la serra dans ces bras.

- Je…suis content de vous voir chef. Tout ému.

Mal à l'aise retenant une larme, Phoenix se dégagea.

- Bon, ok les gars ont s'installe. Vous avez trouvé autre chose. Connaissant la réponse.

Hubert prit la parole.

- Comme vous pouvez vous en douté chef, on nous a enlevé l'enquête. Haussant les épaules.

- A vrai dire on s'emmerde chef. Rajouta un Tim plus souriant.

Phoenix leur expliqua le compte rendu des derniers jours.

***

- Ouais, il n'est pas jojo votre prédateur, chef. Il n'a pas le don de la parole très clair. On dirait Tim avec ses devinettes quand il texte.

- C'est ça Hubert, compare-moi a l'assassin, tant qu'à y être, crétin d'eau douce.

- Oh, je ne savais pas que tu étais soupe au lait à ce point mon ami Tim. C'était juste un parallèle entre une chose et…

- Dite vous avez fini tous les deux avec vos enfantillages. Alors quelqu'un a une idée sur ' *surveille l'ombre du grand astre*'

Hubert s'avança.

- Bien pour moi ça représente le soleil, tant qu'au reste, je n'en ai aucune idée chef.

- Je crois que c'est possible Hubert. Cet espèce de cinglé veut tuer les gens que je connais, me donne un rendez-vous pour finaliser sa vendetta et me parle de l'ombrage du soleil. Je suis quasi certaine qu'il ne voudra pas que j'ignore ou aura lieu le rendez-vous.

- Vous croyez ? Intervint Le grand Tim.

De ses grands yeux luminescents fixa ses deux amis, grimaça.

- Je ne sais pas trop pourquoi il m'a choisi pour assouvir sa vengeance, l'Afrique semble être le point commun de toute cette histoire. Le déchiqueteur et le ravageur sont de la même source, de la même origine du mal. Le premier y prenait plaisir et le second le fait dans un but précis.

- Vous oubliez les meurtres répertoriés après la mort du premier chef.

- Je ne crois pas Hubert, je croirais plutôt qu'il se faisait la main et bizarrement ceux-ci ont cessé au moment où j'ai quitté l'Afrique, il y a de cela trente ans. Pourquoi ce réveil maintenant ?, après si longtemps. Je crois que c'est cela la vrai question.

- Parce que le ravageur est prêt pour sa vengeance. Tim dégage un visage de marbre, les yeux grands ouverts, surprit lui-même par la force de sa déclaration qu'il fit à haute voix.

- Je crois que tu as raison Tim, cet homme a été d'une patience extrême.

- Il est le mal incarné, il est Mami Wata. Le visage crispé de Tim donne l'impression qu'il se trouve possédé d'un esprit quelconque.

Hubert se voulut rassurant.

- Dit Tim, tu commences à faire peur à ton collègue, la. Tu te sens bien.

Revenant sur terre.

- Heu...oui, désolé, je ne voulais pas. Se lançant dans une tirade. C'est que dans l'énergie, il y a des forces qui peuvent contrôler notre existence, que l'on y croit ou pas. Celui-ci joue avec l'énergie du côté obscure.

- Nous voilà avec Stars Wars.

Phoenix lance un regard foudroyant à Hubert, l'invitant à se taire au plus vite.

- Désolé Tim, c'est une blague. Se sentant tout petit.

Tim n'en tint pas compte et continue.

- Cette déesse en est une d'abondance, mais à son inverse elle est la destruction, la tempête, le souffle de mort. Notre tueur se sert de l'aspect de destruction. Qu'est-ce qui la poussé dans cette direction ?

- Son père. Prononce un Hubert craintif.

Phoenix prit le relais.

- Il s'est servi de la superstition des gens pour instaurer un climat de peur et l'enseigne à son fils.

Les deux hommes se concertent du regard, Hubert reprit la parole.

- Il y a trente ans, quel âge avait le garçon ?, et quel âge doit-il avoir maintenant ?

Phoenix prit une pause laissant les deux autres en réflexion et puis en vint à la conclusion.

- Environ le même âge que moi et avoir assisté à une scène horrible. Puis un jour un évènement déclenche une pulsion et voilà arrivé notre ravageur.

- Je peux dire mon mot. Demanda Tim.

Phoenix l'invita à parler à son tour.

- J'abonde dans votre sens pour l'âge chef, mais pour la pulsion, je ne crois pas. Cette pulsion comme vous dite aurait pu se produire n'importe quand, alors pourquoi maintenant ? Pour une fois capitaine, je crois que ce personnage sait exactement ce qu'il fait, il a attendu son heure. Peut-on croire que l'enfant admira son père et que quelqu'un l'en a privé et que cela pourrait être son motif.

- Wow ! S'exprima Hubert. Ta thèse est excellente Sherlock.

- Merci Watson. Rigole un Tim surpris de lui-même.

Phoenix les bras croisés réfléchit à cette hypothèse et en vint a une logique.

- J'avoue que cela est possible Tim. Fixant à nouveau le tableau avec les photos des victimes. Ou est cette saleté de réponse ? Hé puis merde, allons prendre un café. Je ne crois pas que le bureau de la GRC sautera pendant notre absence. Faisant allusion à la dernière explosion.

Se dirigeant vers l'extérieur, ils furent interceptés par le commandant Mc-Kenzie.

- Vous sortez capitaine ? Le sourire figé.

Il n'en fallu pas plus pour elle de sentir la confrontation.

- Ouais, prendre un café.

- Nous pouvons vous le faire livrer capitaine. Ne changeant pas d'air.

- Je sors prendre l'air, vous n'avez qu'à me faire suivre commandant.

- Très bonne suggestion. Toujours énigmatique Mc-Kenzie lui fit signe de passé et d'un simple coup d'œil deux hommes se mirent en chasse.

A leurs sorties Phoenix réagit comme si elle sortit de prison.

- Enfin de l'air, je suis libre.

- Heu, chef il y a deux gars qui nous suivent.

- Normal Hubert, je l'ai suggéré au commandant.

Mc-Kenzie la regarda s'éloigné et prit son cellulaire.

- Monsieur le ministre, elle est fonctionnel, opération coup de filet viens de débuter. Puis raccrocha.

Chapitre 8

Les jours passèrent sans incidents, Phoenix et ses acolytes retrouvèrent leurs locaux. Mais cette fois-ci une sécurité y fut plus accru incluant des détecteurs plus performant a l'entré et des fouilles furent annoncé que plusieurs seront fait à l'improviste par une équipe externe. Personne ne voulut que cela soit fait dans la dentelle.

Par contre la surveillance de la GRC se relâcha peu à peu, donnant l'espace à la sureté. De nouveau installer dans son bureau, Phoenix maugréais de plus belle.

- Foutu enquête de merde. A croire que cette espèce d'enculé a disparu de la circulation et qu'il s'amuse à nous faire du surplace en attente de son prochain meurtre.

Hubert se voulant complaisant.

- Je suis d'accord patron, mais nous avons revu nos notes plusieurs fois et rien n'en ressors de plus.

- J'avoue Hubert et sa saleté d'énigme, *'surveille l'ombre du grand astre ',* est-ce qu'il va frapper au coucher du soleil ?, la date approche Hubert, il nous reste à peine deux mois pour trouver le point de rendez-vous pour la grande finale.

Un message passa sur l'écran.

- Et si nous changions nos notes.

Deux têtes se tournèrent vers Tim.

- Bordel Tim, tu peux t'exprimer comme tout le monde. Frustra telle. J'avoue que l'idée n'est pas bête. Allez Hubert prend les notes de Tim, moi les tiennes et Tim voici les miennes. Espérons qu'un regard neuf pourra nous être salutaires.

A nouveau un silence régna dans le bureau concentré qu'ils étaient. Le travail dura deux jours entier et au bout du troisième jour.

- Feu de camp, ordonna l'officier.

Des sièges à roulettes se baladèrent à travers les rangées pour se retrouvé au centre.

- J'ai eu beau épluché tes notes Hubert, je n'ai rien trouvé de plus que ce que tu as constaté.

- Moi non plus, intervint le grand Tim, sauf que la réponse est peut-être dans votre passé emprisonné dans un quelconque souvenir.

A cette information Phoenix devint attrister.

- Ouais, ce que j'aimerais me fabriquer une autopsie du cerveau. Je pourrais y voir plus clair.

- Ça serait drôle de vous voir avec un trou à la place de votre tête, la voyant, peu réceptive a la blague, remarquer que cela ferais ressortir la beauté de vos yeux, heu…
- Tu t'enfonces Hubert.

- Désolé, heu…chef. Jetant son regard un peu partout.

Phoenix trépigna d'impatience et le fixa tout comme Tim. Hubert devenu tout rouge réalisa que l'on attendait après lui.

- Heu, j'ai pensé à une chose, mais j'aimerais vérifier avant. Donnez-moi une journée ou deux et je vous confirme si j'ai trouvé une nouvelle piste.

- Quoi !, tu veux nous laisser sur notre faim.

- Non chef, mais me faire ridiculisé, ça non. Je préfère vérifier ma thèse.

- D'accord gros béta, tu peux y aller.

Tout sourire Hubert prit quelques affaires et disparut le sourire béant.

- Vous croyez qu'il tient vraiment une piste chef.

- Je ne sais pas Tim, mais crois-moi si jamais il a trouvé quelque chose nous allons en entendre parler pendant longtemps.

Tim souris et s'enfonça à nouveau dans ses notes.

Deux jours plus tard Hubert ne se pointa toujours pas le bout du nez et cela inquiéta vraiment Phoenix. Voyant arrivé Tim.

- Tu as eu des nouvelles d'Hubert ?

- Non chef, j'ai cru que vous en auriez.

- Pas de texto non plus ? Anxieuse.

- Pas plus capitaine et je dois dire que cela m'inquiète, parce que jamais il a évité de me répondre sur texto. Je ne l'ai jamais vu aussi secret. Le langage du corps parla de lui-même sur son état d'âme.

- Ouais, ça ne lui ressemble pas. Songeuse, ses yeux s'agrandirent. Mon dieu !, la lettre !

Courant dans les corridors se présenta au standard.

- Trouvez-moi l'officier enquêteur Hubert Morin de toute urgence ! Hurlant presque. Que tout le monde s'y mette, question de vie ou de mort.

A cette dernière phrase la fourmilière travailla d'arrachepied pour retrouver l'officier disparu.

La journée passa, toujours sans réponse. Une équipe fut dépêchée à son domicile et fut constaté qu'un branle-bas de combat avait eu lieu. L'appartement se trouva sans dessus sans dessous.

Phoenix se trouva sur les lieux, tout comme le commandant Mc-Kenzie.

- Qu'est-ce que votre homme savait, que vous ne nous avez pas dit ?

- J'en sais pas plus que vous commandant. Vous n'étiez pas supposé de le faire suivre.

Grimaçant.

- Mes hommes ont été semés et celui qui surveillait son appartement c'est fait tuer. Nous venons de retrouver son corps dans une décharge.
- Saleté de merde. Les yeux remplis de rages et d'eau Phoenix Amida eu beaucoup de difficulté à retenir sa fureur et connu à nouveau un étourdissement important.

***

Lorsqu'elle reprit conscience, la chambre d'Hubert changea pour celle d'un hôpital, un soluté dans le bras. Ses yeux s'ouvrit à peine que des visions l'assaillirent de toute part, pire que tous les cauchemars connu jusqu'à ce jour. Le souvenir d'un champ, un marais ou jonchait des cadavres, une voix s'éleva, forte et derrière des pleurs d'enfant. Phoenix hurla.

Des gens se précipitèrent à son chevet, l'empêchant de s'arracher les sondes.

- Vite, donnez-lui un calmant. Ordonna un médecin arrivé de toute urgence.

Ils se mirent à trois pour la maintenir, comme une folle elle se débattit hurlant toute sorte d'incohérence hallucinatoire. Au bout d'une minute qui parut une éternité son corps se détendit et repartit pour un monde de rêve rempli d'horreur.

***

Le lendemain des gens virent prendre de ses nouvelles et l'un de ceux-là fut le commandant de la GRC.

- Alors, comment-vas notre malade aujourd'hui ?

La bouche pâteuse, les yeux bouffis par le chagrin et la voix rauque.

- Je ne sais pas trop, un camion m'a passé dessus je crois. Forçant un sourire.

- Il n'y a rien de mieux que l'humour pour nous redonner espoir ou, prenant une pause, pour cacher ses peurs. La regardant avec un visage de marbre.

- Ouais, on peut dire que vous avez une drôle de façon de requinquer un moral Mc-Kenzie.

- Je crois que c'est ma façon à moi de faire de l'humour. Toujours pince sans rire.

- Wow, vous devriez vous faire engager par le festival juste pour rire, vous feriez fureur. Tentant de s'assoir.

L'homme ne bougea pas et garda son air stoïque, l'inquiétant.

- Vous l'avez trouvé ?

- Non pas encore et les empruntes trouvés à son appartement correspondent à vous, a l'officier Tim Mc Graff et a une dénommé Simonne…

- La femme du chocolat chaud. Terminant la phrase.

- Son alibi l'éloigne de la liste des suspects potentiels.

- Nous avions l'habitude de nous réunir à l'occasion chez Hubert pour discuter de tout et de rien. J'espère qu'il ne lui est rien arrivé, du moins je veux croire qu'il ne lui est rien arrivé, parce que je ne sais ce que je ferai à cette vermine si je le rencontre.

Mc-Kenzie esquissa un signe de tête en guise d'approbation.

- Ce n'était pas la première fois que vous aviez ses étourdissements Phoenix ?

Malgré sa pâleur d'albinos, Amida pâlit un peu plus, ne pouvant plus cacher la vérité.

- Non, ils m'ont détecté une tumeur non opérable. Un tueur silencieux caché dans ma tête qui peut me provoquer différent symptômes, comme la perte de mémoire, des faiblesses musculaires et j'en passe.

- L'épilepsie. Rajouta l'homme.

- Oui, c'est possible. Soupirant. Personne n'est au courant et je tiens à finir cette enquête goute que goute et je ferai tous les sacrifices qu'il faut pour trouver ce fou furieux.

- Votre secret est bien gardé capitaine. J'ai besoin de vous, alors reprenez des forces.

- Merci Mc-Kenzie, les yeux rempli d'eau, Vous êtes pas mal vous savez.

L'homme dégagea un large sourire.

- Je tiens ça de ma mère. Retournant sur ses pas, un sourire de bonheur apparut sur celui de Phoenix.

***

Trois jours plus tard, de nouveau sur pied, une voiture de la sureté l'attendait. Des hommes s'empressèrent de l'emmener là où elle le désirait.

- Chez-moi les gars, je crois que j'ai envie d'être seul dans mon rocking-chair et fumez une cigarette.

- Je croyais que vous aviez arrêté de fumer capitaine. Lui fit remarquer l'un de ses hommes.

- Moi aussi. Répondit-elle de façon détaché, ne cherchant pas a allongé la conversation.

Arrivé chez-elle, Phoenix laisse tomber ses vêtements par terre et dépose ses effets personnels sur la petite table du salon et se précipite sous la douche, cherchant à se débarrasser des odeurs d'hôpital. Puis s'enveloppe d'une grande robe de chambre et vint s'assoir sur sa rocking-chair, s'allumant une cigarette.

Perdus dans ses pensées, elle fixa le flacon de pilule prescrit par son médecin pour ses maux de têtes. Finalement elle porta attention à la lumière clignotante du téléphone lui signalant que des messages se trouvent en attente.

- Bon ma vielle, voit ce que cela dit.

- *Vous avez dix-huit nouveaux messages.*

- Hé merde, faut que je me tape tout ça.

La plupart des messages se trouvèrent anodins, le pressing, assurance, facture du mois, mais le douzième.

- Capitaine le temps me manque, je suis suivi, ce n'est pas la GRC, je vous ai envoyé un paquet. QUI ÊTES-VOUS ? haaa, un bruit de lutte, une rire macabre, un combiné qui raccroche.

Stupéfaite Phoenix reconnu la voix d'Hubert et réécouta le message à plusieurs reprise. Ni une ni deux, sauta dans ses vêtements et sortit en trombe suivi de ses gardes du corps en direction du bureau de poste. Devant son casier réalisa qu'elle avait oublié sa clé, la rendant presque hystérique.

Quelqu'un d'autre se chargea de la diplomatie pour obtenir son courrier. De façon machinale elle trouva le paquet d'Hubert et laissa tomber son courrier. Elle ouvrit la grande enveloppe et y trouva une liste de marchand d'amulette étrangère acheté chez un grossiste et le nom d'un client.

Phoenix porta sa main à sa bouche.

- Non !!!!!, en perdit le souffle.

- Capitaine !, tout vas bien.

Les yeux hagards, le regard effrayé.

- Appelez Mc-Kenzie, appelez du renfort, nous avons besoin de renfort, se levant, dépêchez-vous!

Le temps de le dire des autos patrouilles arrivèrent sur les lieux. Mc-Kenzie accouru au-devant de Phoenix.

- Je crois que j'ai trouvé le ravageur.

Des yeux s'écarquillèrent.

- Nous allons faire une descente maintenant.

***

Dans quartier résidentiel de la rive sud de Montréal, des voitures banalisées de toute sorte avait envahi tout le secteur et crée un cordon de sécurité invisible.

Unité un, en place attend rapport, à vous.

Plus d'une douzaine d'unités répondit à l'appel et l'équipe d'intervention n'attendit que le signal.

- Unité un a bourrasque, Vent d'ouest, je répète Vent d'ouest.

Aussitôt l'équipe d'intervention se déplaça sur les côtés de la maison à l'abri des fenêtres et longea le bas de la clôture qui entoura l'arrière. En silence les hommes se firent signe que toutes les positions se trouvent couvertes. Un dernier signal et tous s'élancèrent, lançant une bombe ultra son étourdissant son occupant. A la vitesse du vent la tempête se déchaina à l'intérieur, bruit et gaz lacrymogène s'y retrouvèrent entremêler, des coups de feu retentirent suivi d'une riposte. Des cris hurlèrent un cessé le feu, des vitres furent cassé pour faire aéré.

- Unité un a bourrasque, nom de dieu qu'est-ce qui se passe ?

Finalement la fumée se dégagea et bourrasque répondit.

- Bourrasque a unité un, nous avons un mort et trois blessé dont un salement touché.

- Unité un, je préviens les secours.

- Commandant Mc-Kenzie, vous feriez mieux de venir, nous avons trouvé un autre cadavre.

Phoenix crains le pire et rien ne put l'empêcher d'accompagner l'officier.

Pénétrant à l'intérieur, les traces de balles se trouvèrent partout.

- Où est l'assassin ? Demanda d'emblée la capitaine.

Le chef d'intervention regarda son chef qui haussa les épaules.

- Il n'y a pas de trace de l'assassin, capitaine.

Surprise.

- Oui, mais le mort.

- Un de nos hommes, tué par l'un des nôtres. Nous sommes tombées dans un piège, le salopard nous attendait. Nous avons trouvé ceci, lui montrant un fil.

Dès que nous sommes entrés, la fumée c'est levé nous aveuglant et au déclenchement d'une minuterie des coups de feu ont été tiré dans les deux sens, nous faisant croire à une riposte.

- Et qui est le deuxième cadavre ? S'impatienta Phoenix.

L'homme hésita et tenta de minimiser l'impact dans sa voix.

- Je crois que c'est votre homme, Hubert…

- OÙ ? L'empoignant par le col.

- Capitaine ! S'écria Mc-Kenzie.

- Où est-il ?

- Capitaine je vous ordonne de lâcher cet homme.

- Au sous-sol, répondit l'homme.

Le lâchant.

- Attendez capitaine…

L'homme n'eut pas le temps d'achever sa phrase que Phoenix descendit les marches dans un temps record. Un hurlement inhumain éventra l'aspect tranquille de l'endroit.

Mc-Kenzie descendit à son tour et y vit l'inspectrice sur les genoux contemplant l'horreur devant-elle. Hubert se trouva nue, empalé de part en part assis sur un pilonne de métal soutenu dans une enclave bétonné, les lèvres noués par un fil de fer, les yeux arrachés. Son corps avait été soulevé par un système de poulie installé au plafond et descendu vers l'objet de sa souffrance.

La scène d'horreur fut cartographiée dans tous ses angles à la recherche de détail pouvant faire avancer l'enquête.

Phoenix se trouva à l'extérieur se repassant à répétition la scène, ne comprenant pas pourquoi. Les yeux rougis par ses larmes fumant sans cesse au bord du gouffre. Mc-Kenzie s'approcha d'elle.

- Je ne sais pas quoi vous dire capitaine Amida.

- Dite que vous êtes désolé. Le regard vide.

- Je le suis profondément.

Se levant la tête cherchant à l'atteindre.

- Dite moi qu'il n'est pas mort en vain ?

- Grâce à lui nous avons découvert le ravageur, sa photo sera à la une de toutes les polices du monde. Il n'aura pas un endroit où il pourra se cacher et tôt ou tard nous l'épinglerons et nous le traduirons en justice.

- Je vous souhaite de l'attraper avant moi, parce que moi ça sera à ma justice qu'il aura affaire. Je vous jure qu'il va souffrir, j'en fais le serment. Tim Mc Graf est un homme mort.

Phoenix se leva et parti, galvanisé par une nouvelle force.

Mc-Kenzie fit signe à un de ses hommes.

- Mettez tous les hommes disponibles sur son cas. Je veux une surveillance vingt-quatre sur vingt-quatre sur le capitaine. Installez des micros, faites ce que vous voudrez, mais ne la perdez pas de vue un seul instant, ou des têtes vont tomber, rompez.

CHAPITRE 9

L'enterrement eu lieu en grande pompe au cimetière de l'est, fanfare, marche militaire, drapeau en berne et tout le gratin policier accompagner de plusieurs journalistes de par le monde. La famille d'Hubert presque relié dans l'oubli ne figurait qu'à titre de figurant dans cette joute d'image. Pourtant le capitaine Amida se sentit lié à eux comme jamais et préféra leurs compagnies qu'a tout autre, fuyant les questions pièges.

Un policier la chercha pour lui remettre une missive, quelle lu rapidement. Un moment de bonheur lui passa dans les yeux et s'excusa auprès de la famille.

- Je vous suis.

Au bout de cinq minutes trouva Simonne Grosjean et la fit pénétrer dans l'enceinte.

- Merci, merci capitaine Amida.

- Venez avec moi Simonne, j'ai une famille à vous présenter et appelez-moi Phoenix.

La famille fut tout autant surprise que l'officier d'apprendre que Simonne porte l'enfant d'Hubert et qu'il se garda d'en faire la surprise. La joie que la nouvelle procura à ce moment mit un baume. Les discussions allèrent bon train quand à nouveau un policier se présenta à nouveau devant elle.

- Un courrier vous attend à l'entrée, il a un paquet à vous remettre et seulement à vous.

Soupirant.

- Allons-y. Se disant combien elle avait hâte que cette journée se termine.

Effectivement un courrier muni d'une bicyclette l'attendait et lui remis le paquet avec signature.

- Pourquoi ne la tu pas donné à quelqu'un d'autre ?

Le jeune homme répondit du tac au tac.

- Parce que l'on m'a fait jurer de vous le donner en main propre et qu'une prime de cinquante dollars me serais donner si je le prouvais. Prenant son cellulaire et se prenant en photo et l'expédiant sur sa page facebook.

- Tu sais que je pourrais te faire faire arrêter, jeune homme.

- Allons soyez chic capitaine, ça ne va pas vous nuire en rien et puis moi ce n'est pas à tous les jours que je me prends en photo avec une vedette de la police.

- Allez va-t'en petit comique. Un sourire aux lèvres.

- Merci Capitaine. Le jeune repartit sur des chapeaux de roue tout heureux.

Tant qu'à Phoenix ses craintes augmentèrent au mouvement du paquet. L'ouvrant y découvrit une cassette et une lettre qu'elle s'empressa de lire.

- N'oublie pas la date de notre rencontre, le onze aout prochain, vingt-trois heures. La cassette tu t'en doute est le film complet de son agonie, si cela t'intéresse. Seul un animal peut faire ça.

Trou de cul de salopard, se dit-elle, j'aurai ta peau et je vais y être au rendez-vous. Je te jure que je vais te trouver et te crever, fils de pute.

- Tout va bien capitaine ? Demanda l'agent qui l'accompagna.

Phoenix produit un effort surhumain pour laisser paraitre que tout va bien.

- De mieux en mieux mon ami, de mieux en mieux. Prenant la cassette, tenez portez ça au commandant Mc-Kenzie. Dite lui, hésitant, que c'est une preuve que je ne veux pas voir, il comprendra.

Se retournant promptement pour éviter un sanglot, elle décida de quitter la scène en catimini. Se trouvant un rechange, se dirige par la suite vers le mur nord et se mit à enjamber la balustrade. Une fois en dehors du site se mit à courir et disparaitre dans les rues du quartier. Trois heures plus tard à l'abri dans un chalet, Phoenix sortit tout le matériel disponible et installa son bureau d'enquête dans son salon tassant les meubles sans ménagements. Essoufflé, transpirant a grosse goute, se prit un chip et un cola, contemplant son œuvre. Les cinq victimes défigurés par des dents d'un côté, ceux tuer et torturé de façon violente.

- Maintenant à nous deux charogne, je vais le trouver ton indice.

***

Ailleurs le branle-bas fit sonner des cloches, l'humeur du commandant Mc-Kenzie n'en fit pas mener large à ses hommes.

- Bande d'incapable !, hurla-t-il, je suis entouré d'une bande d'incapable. Vous deviez surveillez trois personnes, l'une d'elle s'est fait enfoncer un poteau dans le cul à la barbe de tout le monde, le deuxième est le suspect numéro un et la troisième disparait après m'avoir fait parvenir cette cassette, nom de Dieu ! Nous sommes la risée du pays messieurs, des têtes vont tomber et je vous le dit tout net, ce ne sera pas moi. Trouvez la moi !

Son téléphone sonna, toujours enragé.

- Mc-Kenzie !

- Je vois que vous êtes de bonne humeur, commandant.

- Capitaine Amida ! Affichant un visage tout à fait surpris.

- Désolé d'avoir semé vos hommes.

- Ou êtes-vous ? L'officier fit signe de retracé l'appel.

- Dans un endroit pour réfléchir, ne vous en faite pas, j'ai de quoi me nourrir.

Sortant une phrase malhabile.

- Nous devons vous protégé.

- Je sais commandant, mais je dois trouver le lien qu'il y a avec ce fou furieux et moi. J'ai besoin d'espace pour réfléchir.

- Je comprends, se radoucissant. Reprenant son contrôle.

- Vous avez reçu la cassette ?

Le malaise se senti dans la voix de l'officier.

- Oui, vous avez bien fais de ne pas la visionner.

Mc-Kenzie entendit sangloter Amida.

- S'il vous plait, ne faite pas de chose insensé que vous pourriez regretter Phoenix.

- Désolé je ne peux pas, je vous rappellerai.

Fermant le combiné.

- Dite moi que vous avez retracé son appel ?

Les réponses furent mitigées.

***

Vint quatre plus tard épuisé, Phoenix dormi sur le canapé. Son sommeil hanté à nouveau par ses cauchemars. Le marécage revint avec ses cadavres, le cri d'un enfant qui hurlait qu'il ne voulait pas. Puis un autre cri, une autre voix, NON ! NE TOUCHEZ PAS A L'ENFANT!

Phoenix bondit comme une ressort, cherchant son souffle, le cœur battant dans sa poitrine comme jamais.

- Par tous les saints !, je vais devenir folle, ma tête.

Une violente migraine s'attaqua à elle et lui donna des hauts le cœur.

- Ou sont mes cachets ?

Voulant se lever, les étourdissements la reprirent.

- Non pas cette fois.

Se trainant de peine et de misère, se retrouva prêt de l'ilot, y trouva son flacon, l'ouvra, prit deux cachets, les avalas et puis tomba accrochant tout sur son passage.

Lorsque Phoenix se réveilla à nouveau, le soleil se trouva au plus bas. Une mare de sang se trouva sur le plancher, cherchant à retrouver ses sens Phoenix s'accrocha au comptoir pour se relever. Se portant la main au visage eu une réaction de sensibilité au nez et la réveille complètement.

Voyant sa main avec du sang, constata qu'une partie du plancher ou elle était en avait.

- Bordel, qu'est-ce qui s'est passé ?

Se précipitant dans la salle de bain et devant le miroir lâcha un petit cri. Le nez tuméfié, du sang à moitié coagulé lui couvrait une partie du visage. Comprenant quelle avait fait une chute de pression, son mal de tête se trouvât dégagé par l'hémorragie que cela provoqua. La logique lui indiqua d'aller à l'hôpital, mais une vendetta si opposa.

Sautant dans sa douche, se ramena les esprits. Des sons lui vinrent en tête n'en comprenant pas le sens, elle continua de laisser couler l'eau, un énorme rugissement de lion la frappa de plein fouet.

- Non de Dieu !, est-ce possible ?

Sortant de la douche, prenant une serviette au passage, dégoulinant partout.

- Voyons, à l'ombre du plus grand astre, qui est le soleil.

Soudain elle remarqua la position des trois corps mutilé non attaché et y vit l'ombre de la tête.

- Bon maintenant quelle est la chose que je ne vois pas ?, quelle est le sens de tout ça ?

Son cerveau redevenu alerte fonctionne au quart de tour. A nouveau elle porte son attention sur les deux victimes ligotées, les mains aux chevilles, le dos courbé. La bouche toute grande ouverte.

- Est-ce possible ?

Se déplace vers son tableau principal et y pose côte à côte les deux photos. Puis installe une autre horizontal, une autre en diagonal et la dernière a l'horizontal à nouveau.

- Et le deuxième indice, seul un animal peut faire cela.

Prenant un crayon feutre, tremblant de la main se mit à dessiner un rond, puis un autre rond et finalement un z.

- Zoo.

Reculant, tombant assis sur le divan, tenant toujours le crayon en main.

- Le zoo le 11 aout a vingt-trois heures, c'est le zoo et c'est demain. Riant comme une démente.

- Salopard, je t'ai. J'y serai et c'est moi qui vais s'embusquer la première. J'aurai ta peau Tim Mc Graf et tu vas souffrir, je te le jure.

***

- Bon sang de bon sang, cette femme est un fantôme. Il y a certainement une personne qui connaît ses habitudes en dehors du travail. Ces endroits de recueillements, jamais je croirai quelle ne sait pas confier à qui que ce soit.

- Elle n'a aucune famille hormis une tante Alzheimer qui en ais dans ses derniers miles, dont elle s'occupe. L'endroit est situé en Estrie, a environ cent cinquante kilomètres de Montréal.

- Voilà caporal, elle est en Estrie. Retournez voir le personnel soignant de la tante. Je suis certain qu'ils doivent avoir une adresse ou un numéro de téléphone pour la rejoindre. Je serai en chemin d'ici une heure.

Les hommes décolèrent sur un vrai temps, cherchant à retomber dans les bonnes grâces de leur supérieur.

Au bout d'une heure un hélicoptère décolla en direction de l'héliport situé près du Mont Oxford.

Chapitre 10

Il y avait foule au zoo de Granby et parmi celle-ci une personne habillé en pantalon jogging et portant une veste à capuchon marcha de façon anodine, tenant un sac de mais soufflé. L'attitude du personnage n'avait rien de suspect, malgré plusieurs arrêts, repérant les meilleurs endroits pour observer et se camouflé.

A plusieurs reprises, il contourna les cages d'animaux exotiques et les analysas de fond en comble.

- Quelles belle bêtes, n'est-ce pas ? L'apostropha un touriste.

Surpris le personnage marmonna des sons inaudibles perçus comme une langue étrangère aux oreilles du touriste et n'insista point. L'alerte passa et s'assurant que son capuchon enveloppa bien son visage se dirigea vers la sortie.

***

La GRC se présenta à l'hospice Bernard Parent des soins longs durés et trouvât ce qu'il cherchait.

Un mandat en bon et due forme provoqua un remue-ménage à l'interne, obligeant les gens à garder le silence et fournir les renseignements demandé. Quelques minutes plus tard la petite troupe policière se retrouva sur le perron, son chef appelant le grand patron.

- Mc-Kenzie.

- St Calixa, compté Beaucanton a trente-cinq minute de Granby au 35 rue des Ormes.

- N'entreprenez rien avant que j'arrive et installez un barrage.

- D'accord Monsieur. Le son coupa.

***

Phoenix grignota quelques restes pour passer le temps et s'étira les jambes pour se désankyloser. Sur le bord d'une crise d'anxiété aigue, elle trouva le moyen de se recentrer sur sa respiration grâce à ses méthodes d'entrainements. Puis sentant sa forme lui revenir, se mit à pratiquer des katas de combats et prit du plaisir à se défouler. Calmé, le cerveau aéré, les idées lui revinrent.

- L'animal…ça prend un animal…et ses images qui me reviennent sans cesse, ses voix, ho…

Restant muette la bouche ouverte.

- Il y avait un lion, oui je me souviens, un énorme rugissement. Ha ha ha, s'éclatant comme une démente.

***

- Bon dieu de merde, pourvu que nous n'arrivions pas trop tard. Roulez bon sang, mettez les gyrophares et oubliez les sirènes. S'impatienta Mc-Kenzie.

Le chauffeur roula en trombe sur l'autoroute dix, prévenant les gens de la sureté qu'un convoi d'agent se trouve en direction de St Calixa.

Toutes sortes de scénarios roulaient dans la tête du chef de la GRC et chercha par tous les moyens de contrer l'improbable. *Qu'est-ce qui pouvait pousser un être humain à devenir un monstre*, se disait-il.

Lorsqu'il atteint le barrage routier, Mc-Kenzie fut enchanter de voir avec quelle efficacité son équipe avait entouré le périmètre et retenue le monde, saisissant les cellulaires pour éviter qu'un quelconque abruti puisse signaler leurs présences.

- Elle est là ?

- Affirmatif monsieur, les infra nous signale la présence d'une personne assis sur un divan. Il est possible qu'elle se soit endormie. Elle ne bouge pas depuis fort longtemps, personne d'autre Monsieur.

- Parfait, tout le monde est en place ?

- Oui monsieur, ils n'attendent que vos ordres.

- Je ne veux que l'on évite de lui faire du mal. Vous pouvez y aller.

Le sergent prit le radio.

- Feu vert !, je répète feu vert.

***

Phoenix insouciante, les jambes allongées devant un bon feu, jubilait d'avoir trouvé les réponses aux énigmes. Son esprit devenu retord, imaginait les pires souffrances quelle lui ferait subir de la part du pauvre Hubert. Hubert quelle revoyait sans cesse personnifier des personnages de série télé, ce qui la fit sourire.

- Mon salaud, il ne te reste que deux heures à vivre.

***

Les hommes approchèrent avec la plus grande prudence rompue à l'art de la guerre. Encadrant le chalet sous toutes ses facettes, l'ordre d'assaut fut donné. Une horde de fourmis s'introduisit dans tous les orifices possibles du bâtiment, hurlant, criant police.

Mc-Kenzie suit à distance l'action qui se déroule, puis la radio résonne à nouveau.

- Chef la patiente n'y ait pas, vous devriez venir voir ça.

- Quoi !, bordel de merde.

D'un pas solide l'homme au caractère bourrasque enfourcha le sentier en direction de la porte arrière. Lorsqu'il entra la surprise fut de taille. Mc-Kenzie compris la supercherie, un superbe labrador habillé grossièrement et retenu sur le divan par une laisse, était tout heureux d'être libéré.

Le chef d'intervention l'invita à passer dans l'autre pièce. Mc-Kenzie fut bouche bée, un tableau avec photos et les écris de ses découvertes trônaient dans l'attente d'être découvert.

- Par tous les saints, elle a compris les énigmes. Le zoo de Granby, vite, elle a rendez-vous avec le ravageur. Nous devons l'empêcher de le tuer. Le rendez-vous est dans vingt minutes.

Plusieurs hommes coururent vers leurs voitures se bousculant presque. Les voitures vi-raillèrent de tout bord tout côté dans une indiscipline indescriptible. Finalement se mirent en chemin sous les jurons du commandant.

- Désolé les gars d'avoir abusé de votre hospitalité.

Phoenix regarda les hommes qu'elle avait ligotés, ceux de l'air de repos, le faciès transformer par la fureur de tuer.

- C'est pour votre bien, j'ai un compte a réglé avec un salaud de la pire engeance. Ne vous en faites pas vous serez libérez sous peu.

Les hommes bâillonnés firent des *hum, hum* et des signes de la tête comme quoi ils comprenaient, craignant pour leurs vies. Phoenix s'empressa de sortir par la porte de service et comme une ombre s'enfonça à l'intérieur du parc, évitant l'éclairage.

***

À soixante kilomètre de là, une dizaine de voiture tout phare allumé roulent à tombeau ouvert sur des chemins étroits pour rejoindre l'autoroute dix. Mc-Kenzie rage contre son impuissance et espère de tout cœur que le capitaine Amida ne commette l'irréparable. Bien sur le ravageur mérite cent fois la mort pour les horreurs qu'il a commis, mais condamné une héroïne pour le meurtre d'une crapule était la dernière chose à laquelle il aspire. Pourtant sachant que Phoenix porte les affres de la mort en elle, qu'une tumeur au cerveau irréversible s'y était installé. La mort dans son cas se trouve être le dernier de ses soucis.

***

Prêt de la cage aux lions, une silhouette s'y promena, balayant les environs avec une lampe de poche. Un homme de la sécurité s'y trouva cherchant probablement un objet perdu par un des nombreux visiteurs. Sentant un bruit derrière lui il y eu à peine le temps de se retourner la tête qu'un violent coup l'envoya au pays des rêves. Phoenix tourna sur elle-même vérifiant si personne ne se trouve à l'horizon. Rapidement ligote l'homme et le traine derrière un fourré à l'abri des regards, puis revint sur ses pas et détruit sa radio.

- Désolé mon homme de te faire ça, mais tu me remercieras plus tard. Je t'ai probablement sauvé la vie et tu ne la sais pas.

Aussi souple qu'un guépard Phoenix grimpe à nouveau sur l'arbre feuillu tout prêt, se juchant sur les hautes branches lui servant d'observatoire. Malgré l'éclairage des lieux beaucoup d'endroit restèrent dans l'ombre.

Se parlant a elle-même.

- C'est ici que tu viendras salopard, j'en mettrais mon âme en jeu. C'est avec le lion que tu veux défigurer ta prochaine victime au nom de ta Mami Wata , déesse mon cul. Tu vas mourir Tim, ce soir, mais pas trop vite. Avant tu devras me dire pourquoi, tu as fait toutes ces choses. Tu vas souffrir comme Hubert, un haut le cœur survint au souvenir de son ami.

La folie meurtrière frappa son cerveau et quiconque se mettra en travers de son chemin le regrettera amèrement. L'heure fatidique approcha et l'anxiété de l'attente augmentait et des animaux instables rugissaient ou piaffaient sans cesse ressentant la mort rodé.

Un homme se présenta sur un sentier illuminé et ne ressembla en rien à un agent de sécurité. L'homme très grand se dandinât la tête de gauche à droite a la recherche d'un ne sais quoi. Peu rassuré l'homme s'arrêta, repérant les lieux. Il héla un nom à voix basse, aucune réponse, il essaya une deuxième fois et encore une fois aucune réponse ne lui revint. L'homme continua à marcher, une voix connue le fit réagir. Le cœur en émoi se rapprocha de l'enclos aux lions et héla un nom à nouveau, un gémissement le fit réagir et oubliant toute prudence se dirigea à toute vitesse en direction de la complainte. Trop tard, une furie à saveur de panthère lui tomba dessus lui brisant presque le dos. Le souffle coupé, Tim voulut se débattre, mais une force plus grande que lui le maitrisa facilement et perdit connaissance.

***

- Monsieur, les lignes semblent coupées, nous ne recevons aucun signal.

Le visage ravagé par l'anxiété, Mc-Kenzie explosa.

- Par le seigneur tout puissant, tous des incapables, à partir de moi. Elle est dans la place, dieu sais ce qu'elle mijote. Je plains ce pauvre homme.

L'un de ses hommes ne put s'empêcher de répondre et lui envoya une pique.

- Vous oubliez que le pauvre homme est le ravageur Monsieur.

Le regard mauvais Mc-Kenzie savais que tous étaient d'accord moralement avec l'acte du capitaine et que secrètement plusieurs d'entre eux souhaitèrent arriver trop tard.

Se reprenant.

- Tu as raison, vous avez tous raison. Cette crapule mérite de mourir cent fois pour ces crimes odieux. Notre loi par contre, nous empêche de nous faire justice et notre capitaine détruira tout ce pourquoi elle s'est battu toute sa vie, pour un moment de folie. Alors si je peux lui éviter ça, il faudra accélérer sur le champignon, Jésus Christ.

La voiture de tête accéléra la cadence prenant des risques distançant les autres. Quelqu'un partit une sirène suivit d'une autre, le son parvint aux oreilles du commandant.

- Bande de con, prenant le speaker de l'auto patrouille. Bande de con !, fermez vos krist de boite à musique ! Vous voulez que les chinois vous entendent, nom de dieu ! Le premier qui ouvre sa sirène avant que j'en donne l'ordre, je le tue moi-même !

Suite à l'intervention, seules les mouches auraient pu faire du bruit.

Chapitre 11

Tim Mc Graff revenu à lui chercha à comprendre ce qui lui était arrivé, voulant faire un geste réalise qu'il est enchainé. La panique le prit, voulant crier sa voix resta muette, bâillonné qu'il était. Le cœur tremblant isoler dans le noir un rugissement lui fit comprendre que la situation est un cauchemar. Ses yeux fouillèrent du mieux qu'ils purent ses environs cherchant à se situer.

- Assassins ! Cria une voix.

La surprise de Tim au son de la voix l'hébéta plus qu'autre chose.

- Assassins ! Tu vas souffrir pour tous tes meurtres.

Cette fois ci le mental de Tim partit en vrille, la peur dans les tripes. Une lumière s'alluma et Tim vit l'espace clos dans lequel il se trouva. Nue, enchaîné, peinturé avec des formes de serpents, compris qu'il est le prisonnier du ravageur et secoua ses chaines désespéramment.

Phoenix apparut avec des peintures pintes grossièrement au visage, les yeux en feu, le surprenant.

- Salopard, tu croyais t'en tirer avec un procès. Pas avec moi, pas avec ce que tu as fait subir à Hubert, tu…sanglotant, tu as été ignoble, les larmes lui coula des yeux. Comment a tu pus faire ça ? Le regardant démuni, prenant presque pitié.

Tim essaya de toutes ses forces de s'exprimer, éveillant sa colère.

- Salaud ! Lui donnant un violent coup de pied au ventre.

Le coup fit mal. Les jambes et les bras écartés le supplicié se trouva à la merci de son bourreau. Phoenix se retourne, pleure a chaude larmes et d'une rage démentiel le passa a tabac. Frappant des poings comme sur un sac d'entrainement, hurlant toutes les insanités quelle put trouver jusqu'à épuisement. Une fois calmé elle vit que Tim respirait avec beaucoup de difficulté. Le nez et deux côtes cassées, la souffrance se trouve palpable chez la victime.

- Ha non !, tu ne vas pas crever maintenant mon salaud. Je n'en ai pas fini avec toi, tu vas vivre jusqu'à ce que je décide que tu meurs. Le giflant avec force, lui faisant virevolter du sang provenant de son nez.
- Pourquoi   Tim, pourquoi ? Le suppléant de répondre.

Tim les yeux remplis d'eau la supplia du regard de le laisser parler. Elle avança à nouveau vers lui d'un pas ferme, craignant pour sa vie cherche à se fermer les yeux, comme pour se protéger. Elle lui arracha le collant de sur sa bouche sans ménagement.

- Je t'écoute salopard. Le giflant à nouveau.

La lèvre ensanglantée, cherchant son souffle, tenta d'émettre quelques paroles.

- Pas moi…innocent.

- Pas Toi !, hurla Phoenix, Innocent ! Redevenu folle furieuse, lui écrasant les testicules.

La douleur était vive et l'homme hurla.

- Écoute moi bien trou cul, je te jure que je vais te les coupés. Quand tu retourneras voir ton créateur, il te verra comme un eunuque. S'éclatant comme une folle.

- Pas moi…j…ure.

Phoenix le regarde, puis se retourne et ramène une caisse de bois lui servant de siège. L'installa tout prêt de lui et s'assis.

- Tu veux un procès et bien tu vas en avoir un. Je serai la cour, à la fois juge, témoin et bourreau. Je commence, gesticulant sur son banc improvisé, Monsieur le juge, votre honneur, nous avons trouvé le corps de notre ami Hubert empalé sur une broche dans le sous-sol de l'accusé. Le coupable ici présent a découvert que notre victime avait retrouvé des preuves qu'ils étaient de ceux qui avaient acheté des amulettes. Dans son premier rapport, la crapule assassine n'en avait pas fait mention comme par hasard. Comme par hasard encore une fois, notre salaud tue le propriétaire de la boutique pour qu'il évite de se confier à moi et détruit toute les preuves matérielles.

- Ensuite il y a le micro espion poser sous son bureau, encore plus drôle personne n'est entré dans ce bureau a part nous trois. Nous nous retrouvons au café et bom plus de bureau et comme par hasard, un simple téléphone pouvait enclencher la minuterie et le seul à s'en avoir servi au moment de la déflagration et nul autre que la pauvre limace devant vous. En plus monsieur votre honneur nous avons vérifié ses alibis, les distances à parcourir qui l'ont tous reliés dans les temps pour commettre ses autres meurtres. Pour finir votre majesté, la goutte de sang, celle qui marqua son passage chez le vendeur d'amulette, la preuve de sa descendance d'avec feu le tristement célèbre déchiqueteur. Le lien du sang nous prouve en plus qu'ils sont tous cinglé dans cette famille et qu'ils engeances que des horreurs que nous devrions éradiquer.

S'applaudissant et se félicitant.

- Maintenant la parole est à la défense. Tendant une oreille comme si quelqu'un lui adressa la parole. Désolé votre juge, il n'y a personne qui veut s'associer avec ce vilain coquin. Alors il ne reste que lui-même.

- Alors accusé qu'avez-vous a dire pour votre défense.

Tim fit un effort surhumain pour dire quelques mots.

- Ma mère…violé, je ne…savais pas. Chef vous m'avez écrit…connaissiez coupable. Prendre garde, partir de chez-moi.

- Je t'ai écrit, surprise, mensonge.

- Lettre, chemise.

Se levant d'un trait, gruger par la curiosité Phoenix trouva les vêtements de Tim et vida toutes ses poches et y trouva une lettre. Se mit à la lire et reconnu l'écriture lui expliquant en détail certains soupçons quelle avait sur Hubert et qu'il n'était ce que l'on pensa.

- Mais qu'est-ce que c'est que ce charabia, tu as falsifié mon écriture, avoue le giflant encore une fois.

- Non je le jure, reprenant son souffle, avez appelé, heu, heu, pour me prévenir du rendez-vous, ce soir.

- C'est impossible, quand aurais-je put t'appeler.

- Deux jours.

Phoenix se mit à rire en démente.

- J'ai découvert le secret des énigmes, seulement aujourd'hui. Tu mens très mal Tim, pour sauver ta vie.

Déployant toutes ses forces.

- Je jure que c'est la vérité.

Se mettant les mains sur les hanches.

Voilà votre honneur ou nous en sommes, l'accusé nous arrive avec une lettre falsifié laissant sous-entendre que la victime Hubert serait le ravageur, chose impossible étant victime lui-même du ravageur. Ensuite l'accusé, gesticulant des mains comme si il y avait foule, prétend un appel qui lui indique le lieu de rendez-vous par moi-même depuis deux jours et que cette découverte trouvé par mes bons soins ne date que d'aujourd'hui. Messieurs, membres du barreau, messieurs du jury, votre éminence, votre verdict.

Tournant sur elle-même en faisant un cercle. Puis s'arrêta les yeux tout grand ouvert et se dirigea vers son banc improvisé.

- Alors messieurs, votre verdict.

Se levant debout et prenant la pause comme si un des jurys lisait un document.

- Coupable.

Se rassoyant.

- Est-ce que l'accusé veux se confesser de ses péchés ?

***

En vue du zoo les voitures balisés roulèrent avec la plupart des phares éteins et investiguèrent l'entrée rapidement En peu de temps ils trouvèrent les agents ligotés et selon ce qu'ils racontèrent, donnèrent des frissons aux aguerris.

Mc-Kenzie n'as que faire des états d'âmes de tout le monde.

- Ou est l'enclos des lions ? Pi merde, venez avec-nous. Empoignant un des agents. Divisez-vous en trois groupes, aux pas de course.

Plus d'une trentaine de policiers s'élancèrent sur la piste. En vue de l'enclos la voie de Phoenix criaillait a tout rompre de se confesser. Les policiers encerclèrent du mieux qu'ils le pouvaient les lieux. Deux d'entre eux conduit par l'un des agents trouvèrent les blocs électriques et communiquèrent avec Mc-Kenzie.

- Allez salopard confesse toi, ou je vais te casser tous les os à coup de barre de métal.

Mal en point.

- Je vous jure que ce n'est pas moi.

- Tu l'auras voulu Tim, quand j'en aurai fini avec toi, personne ne te reconnaitra. J'ai mon lion d'Afrique qui va ce faire un plaisir de te dévorer tout cru. En attendant je me vais me faire plaisir de te briser en miette, tu vas souffrir mon salopard.
- Maintenant ! Ordonna Mc-Kenzie.

Les lumières s'allumèrent éclairant la scène, surprenant Poenix.

- Halte !, capitaine Amida, ne bougez plus.

- Vous ne me l'enlèverez pas ! Hurla-t-elle.

- Vous ne méritez pas d'aller en prison pour lui capitaine. Il a droit à un procès. Faisant signe a ses hommes de la prendre à revers.

- Il a eu son procès. L'écume a la bouche. Le verdict a été prononcé, la mort. Se retournant vers le supplicié.

Mc-Kenzie changea d'approche pour gagner du temps.

- Pensez à Hubert, je suis qu'il n'aimerait vous voir dans cet état.

- Qui ce gros balourd ventripotent, cette grosse limace qui sentait le after shave bon marché. Non j'avoue qu'il méritait sa mort. Je crois plutôt qu'il doit en rigoler un bon coup à vous voir la face.

Mc-Kenzie stupéfait du changement radical de l'enquêtrice.

- Que ce passe-t-il Phoenix ? Qu'est-ce qui vous arrive ?

Les yeux convulsés.

- Je ne suis pas Phoenix, je suis Blanche la porteuse de mort et cette salope de Phoenix sera la prochaine. Trop longtemps elle a tenté d'usurpé mon identité, maintenant elle ne pourra plus me retenir. Hi hi hi, riant d'un air macabre. Je l'ais fais souffrir en m'amusant à tuer ses amis, surtout quand ils m'ont pris pour elle. Elle est comme moi maintenant, miaulant, s'exprimant comme un enfant, elle veut la mort de ce moins que rien, ce Tim qui n'a rien fait. Quelle jouissance pour moi, nous deviendrons un.

Dépassé par la situation Mc-Kenzie, revint à la charge.

- Que vous ais-t-il arrivé Blanche ? Soudain le commandant fit signe de ne plus bouger, il vit quelle tenait une manette qui liait une barre dentelé quelle pouvait abattre sur Tim en tout temps.

Le sourire machiavélique les yeux pratiquement viré.

- Une révélation, oui voilà ce qui s'est produit. C'était en été à l'aube de mes dix ans que mon maitre ma dirigé dans mon premier accomplissement. Hi hi hi tout le monde a cru que le déchiqueteur avait tué mes parents. Mon maitre se trouve être un grand visionnaire aux pouvoir sans limite. Sa mort n'a été qu'éphémère, il est en moi, oui, oui en moi. Secouant la tête comme un enfant. J'entends son appel, haussant les épaules, il me guide dans mes missions, tout à coup perdant son sourire enfantin.

- Cette salope de Phoenix a tenté de l'éliminer, de me le faire oublier. Cette sale chienne j'y ferai la peau, comme je vais le faire à ce salopard. Levant la main.

- Ne tirai pas ! Hurla Mc-Kenzie.

Un hurlement déchirant sortit de la gorge de Blanche, Phoenix intervint.

- Tu n'auras pas Tim !

- Salope, tu vas crever ! Hurla Blanche

Se poignardant à grand coup.

- CRÈVE !

Le corps sans vie de Blanche tomba.

Les hommes se précipitèrent vers elle, la libérant de l'entrave.

- Occupez-vous du blessé. Ordonna l'officier.

- Elle est encore en vie monsieur.

Mc-Kenzie s'approcha d'elle et d'une voix presqu'éteinte.

- Je suis désolé…je ne savais pas…sauver Tim.

Phoenix rendit l'âme.

- Un dédoublement de personnalité, qui aurait pu croire ça.

Made in the USA
Columbia, SC
24 July 2021